대화의 신이 된

말더듬이 킬러

프로페셔널 장 시리즈 ❶
고수유 장편소설

대화의 신이 된

말더듬이 킬러

헤세의서재

차례

한강변 살인

토요일 오후 2시다. 늦게 일어난 장덕구는 빠르게 세면을 하고 밖으로 나왔다. 무지막지하게 괴롭히던 더위가 서서히 힘이 풀린 듯했다. 선선한 바람이 목덜미를 스쳐지나갔다. 장덕구, 앞으로 편의상 장이라고 부른다(종종 미스터 장 혹은 프로페셔널 장이라고 할 예정이다). 난방 차림의 장은 터덜터덜 걸어서 편의점에서 샐러드와 우유를 산 후 사무실이 있는 대로변으로 걸어갔다.

대로는 합정역과 홍대역 사이를 가로지르고 있었다. 장은 합정역 쪽으로 10분여 걸어 간 후 6층 빌딩 엘리베이터에 올랐다. 이윽고 엘리베이터에서 내려 사무실 보안키에 오른쪽 집게손가락 지문을 지그시 누르자 통유리 문이 열렸다. 안에는 한가한 공기가 흘렀다. 그도 그럴 것이 주중에는 사람들이 많았지만 주말에는 사람들이 거의 없었기 때문이다. 이곳은 다닥다닥 1인 & 2인 사무실이 벌집처럼 붙어 있는 공유 사무실이었다.

장은 통로로 들어간 후 중간에 위치한 한 사무실 안으로 들어갔다. 한 평 남짓 되는 공간에 책상과 벽장이 있었다. 장은 자리에 앉아 컴퓨터를 켰다. 외국 사이트의 메일함을 열어보았다. 메일 한 개가 들어와 있었다. 장은 우유를 한 모금 마시고나서 샐러드를 포크로 집어 입에 넣었다. 시선은 메일함에 고정시켰다.

미지의 아이디로부터 온 메일 제목은 '잘 처리 부탁드려요'였다. 메일을 클릭하자 이런 내용이 나왔다.

오늘 정말로 부탁한 일을 해주시는 거죠? 정말 고마워요. 아무에게도 털어놓지 못하고 고민하다가 오빠에게 처음 얘기를 한 건데요. 잘 부탁드릴게요. 착수금은 네 시에 입금해드리겠습니다. 그리고 약속한 대로 잔금은 준비 되는대로 드릴게요. 그럼, 꼭 좀 잘 처리부탁드려요.

미스터 장은 고개를 좌우로 돌리며 뿌드득 뿌드득 소리를 냈다. 그러곤 답메일에 글을 썼다.

착수금 입금 즉시 착수한다.

앞으로는 텔레그램 이용해.

메일은 차단한다.

폰번호 010 - 4242 - ****

　장은 답메일을 보내고 나서 메일함에서 나왔다. 우유를 마저 다 마시고 나서 샐러드를 남김없이 입에 넣었다. 이윽고 장은 시선을 돌려 탁상 달력을 바라보았다. 이곳에 이사한 지도 어느새 7개월이 지났다. 이전에는 홍대 유흥가 골목에 혼자 사무실을 사용하고 있었다. 허름한 건물의 3층에서 2년여 지냈다. 그런데 혼자 널찍한 사무실을 사용하다보니 아무래도 남의 시선을 의식하지 않을 수 없었다.

　특히, 오후에 사무실 밖으로 나올 때 그랬다. 바가 많은 골목에서 아저씨를 유인하는 유흥업소 여성들이 매번 그의 팔을 잡고 달라붙었다. "싸게", "서비스", "화끈", "모델급", "여대생" 등의 단어를 자주 남발하면서 가게 문까지 끌어가는 경우가 있었다. 사정이 이러다 보니, 장의 인상착의가 그네들에게 구체적으로 까발려지게 된 것이다. 만약 근처에 어떤 사건으로 탐문하는 형사들이 찾아왔을 때, 틀림없이 유흥업소 여성들이 장을 유력한 용의자로 콕 집어낼 가능성이 농후했다.

　"우중충하게 생긴 사십대 초반의 남성이 골목을 지나다

니는 것을 자주 봤어요. 매번 혼자 다녔는데 어딘가 모르게 꺼림칙한 일을 도모하는 것 같았어요. 표정이 그닥 유쾌하지 않았구요. 성가시다는 듯 말도 없이 고개만 좌우로 흔드는 것으로 봐서는 성격이 별로 좋지 않는 것 같았어요."

이렇게 말이다. 장이 단 한 번도 자기네 가게를 찾아 주지 않았던 만큼 더더욱 그럴 것이다. 장은 더 이상 그곳에 머물 수 없었다. 고민 끝에 공유 사무실로 이사를 했다. 2인 사무실도 몇 개 있었지만 거의 대부분이 1인 사무실이었다. 따라서 수많은 1인들이 1인 사무실을 이용하고 있으니 그네들 속에서 자신을 뒤섞는 데 용이했다. 더 이상 혼자 다니는 게 타인의 시선에 두드러질 염려가 없었다. 여기는 대부분 혼자이기 때문이었다.

잠시 후, 장은 손목시계를 바라보았다. 앞으로 30분 후면 착수금이 들어온다. 그러면 장이 의뢰인이 부탁한 일을 하러 나가야한다. 장은 네이버에서 몇 개의 신문을 빠르게 읽어 내려갔다. 그가 관심 있게 보는 곳은 사건·사고면이다. 간밤에 어떤 사건과 사고가 났는지 보는 것과 함께, 장과 연관된 기사가 나왔는지 확인했다. 눈에 띄는 사고와 사건이 두 개 있었다.

하나는 경기도의 모 모텔에서 모녀가 번개탄으로 자살했다는 기사였다. 생활고로 비관하던 모녀가 유서를 남기고 목숨을 끊었다고 했다. 딸은 이제 겨우 중학생 1학년이었다. 장은 속으로 애석해하면서 기사를 넘겼다.

다른 하나는 모 대형 교회 목사가 여 신도들을 성폭행했다는 기사였다. 장은 속으로 '개씨브랄 새끼'라고 욕설을 뱉어냈다. 그 목사는 방송에 얼굴을 자주 비추었으며, '사랑의 힘', '타락한 사회의 구원', '도덕 사회 구현'을 강조했었다. 장은 평소 그 목사를 보면서 너무 웃음이 헤프고 얼굴이 반반하다는 게 늘 마음에 걸렸다. 여성들에게 인기가 많았는데 잡음이 없다는 게 의아했다. 결국, '사랑(SEX)의 힘'으로 인해 일이 터진 것이다.

그때 스마트폰이 울렸다. 착수금이 입금 되었다. 2천만원이었다. 그러자 장은 긴장이 되었다. 이제 장이 나서야 할 차례였다. 장은 치약을 들고 나와 화장실로 향했다. 세면대 거울 앞에 섰다. 거울에 170cm후반대의 키에 마른 체형의 남자가 보였다. 턱선이 갸름했고, 눈이 취한 듯 풀려보였다. 장은 눈에 꽉 힘을 주고, 양치질을 꼼꼼히 하고 방으로 돌아왔다. 그러곤 아디다스 스포츠가방을 들고 옷매무새를 단정히 한 후 밖으로 나왔다.

장은 한강으로 향했다. 삼십여 분 걸어가자 망원 한강공원이 나왔다. 연인들이 노닥거리고 있고, 노인네들이 맨손 체조를 하고 있었다. 한강변 산책로에는 조깅을 하는 사람들이 무리지어 지나가고 있었다. 장은 산책로를 따라 걸었다.

사십분 정도 걸었을 때 화장실이 나왔다. 그곳에 들어가 가방에서 스포츠 선글라스와 모자, 운동화를 꺼냈고, 입고 있던 남방과 바지를 안에 넣었다. 겉옷 안에는 검은색 반팔 티셔츠와 반바지를 걸치고 있었다. 그는 선글라스와 모자, 운동화를 착용했다. 그러곤 밖으로 나와 가방을 화장실 뒤쪽 덤불 속에 숨겨놓았다. 장은 운동 기구를 이용해 몸을 풀면서 충분히 시간을 번 후 다시 망원 한강공원으로 돌아왔다. 한 시간 삼십분 정도 시간이 흘렀다.

그는 천천히 산책로를 뛰면서 한강 쪽으로 걸어갔다. 성산대교가 보였다. 장은 조깅을 하듯이 천천히 뛰면서 그 다리를 건넜다. 여섯 시쯤 건너편 양화 한강공원의 산책로에 도착했다. 장은 천천히 뛰면서 손목시계를 바라보았다. 20~30분 후면 이곳을 그 작자가 지나갈 터였다. 의뢰인의 말에 따르면 그 작자는 토요일 오후에 한강에서 조깅을 하는데 늘 정해진 시간에 한다는 거였다.

장은 프로였다. 직접 사전 답사를 해보았다. 평범한 남방 차림으로 당산역에서 내려, 이곳에 와 기다려 본 결과 역시 그 작자는 이곳을 6시 20분에서 6시 30분 사이 지났다. 장은 서서히 몸에 떨림이 번지는 걸 느꼈다. 장은 은근히 이 떨림을 즐겼다. 이는 난이도 높은 스포츠를 할 때의 스릴과 같았다.

장은 한곳에서 멈춘 후 맨손 체조에 돌입했다. 시간을 벌기 위해서였다. 어쩌면 잠시 후에 생길지 모를 격한 몸싸움에 대비해 몸을 풀어주는 것도 좋았다. 어느덧 몸이 훈훈해지고 있을 때쯤이었다. 여의도 쪽에서 모자를 쓴 작자가 헥헥 거리면서 뛰어오고 있었다. 키 165cm정도의 그 작자는 복부 비만이었다. 그나마 조깅을 했기에 배가 보기 싫을 정도로 과대하게 튀어나오지 않은 듯했다.

장은 그가 자신의 앞으로 지나가자 따라 붙었다. 장은 조깅하는 사람하고 똑같았다. 이십 미터 거리를 두고 뛰었다. 해가 저물어가고 있었다. 그 작자는 얼마 안 간 후 방향을 틀어 다시 잠원 한강공원으로 뛰어갈 터였다. 이제 장에게 주어진 시간은 십여 분이다. 프로에게는 많지도 그렇다고 적지도 않은 딱 맞는 시간이었다. 장은 약간 부족한 듯한 시간이 주는 스릴을 즐기는 편이었다.

앞뒤를 돌아보니 아무도 보이지 않았다. 이때다 싶었다. 장은 속도를 내어 달려가 그 작자의 등을 툭 쳤다. 그 작자가 늬가 뭔데 내 등을 치냐는 신경질적인 표정을 지으며 고개를 돌렸다.

이때 장은 그 작자의 코에 마취제를 묻힌 손수건을 갖

다 댔다. 힘껏 눌렀다. 그 작자가 바동바동 거리는 것도 잠시 이내 다리에 힘이 풀린 듯 주저앉았다. 장은 그를 업은 후 산책로에서 빠져 나와 한강 쪽으로 내려갔다. 그를 강물에 던졌다. 장은 재빨리 그곳을 빠져 나와 성산대교를 건넜다. 좀 전의 화장실로 뛰어간 후, 뒤쪽 덤불에 쑤셔 넣은 아디다스 스포츠가방을 꺼내 들고 화장실에 들어가 옷을 갈아입고 나왔다.

다음 날, 역시나 늦게 일어난 장은 책상 위에 놓인 스마트폰을 열어보았다. 한시를 조금 넘기고 있었다. 사건·사고면을 굳이 찾아보지 않아도 되었다. 포털 뉴스에 큼지막한 기사가 떴다.

유명 아이돌 기획사 YYG 대표 Y씨. 한강에서 시신으로 발견. 경찰에 따르면 외상의 흔적이 없는 걸로 보아 실족사한 것으로 보지만 조깅하던 그가 산책로를 벗어나 한강에 빠져 죽은 것에 의문점이 있다고 한다. 경찰은 동시간대 한강 산책로에서 조깅을 했던 사람들 상대로 탐문 조사 중.

장은 흡족한 표정을 지었다. 그러곤 유리컵에 물을 한 잔 부어 마셨다. 그때 텔레그램이 진동을 했다. 의뢰인 메시지였다.

> 오늘 기사 봤어요. 고마워요. 나를 능욕한 것도 모자라 성 접
> 대를 시킨 그 못된 인간은 죽어도 싸요. 잔금은 약속대로 나
> 중에 꼭 보내드릴게요.

장은 그녀에게 잔금은 마련되는 대로 보내줘도 된다고 메
시지를 보냈다. 그리고 나서 장은 거울을 바라보았다. 어
제 저녁에 '용역'을 처리한 후, 양주를 마시고 잠에 빠져들었
다. 머리가 제멋대로 헝클어져 있었고, 오른쪽 입꼬리에 침
이 흘러내린 자국이 있었다. 그는 아무렇지도 않은 듯 크
게 기지개를 켰다.

그러곤 책상 위에 놓인 영문판 추리 소설책에 손을 얹었
다. 이제 누가 봐도 평범한 사람으로 행세해야했다. 오다
가다 마주치는 동네 사람들이 자신을 그저 그런 평범한 사
람으로 생각할 수 있게끔 완벽하게 보통 사람처럼 살아가
는 일만 남았다. 또 다시 '의뢰'가 들어와 계약을 맺기 전까
지 말이다.

장에게는 원래 직업이 있었다. 누군가 장에게 직업이 뭐
냐고 물을 때면 그는 '번역가'라고 대답할 것이다. 그도 그

릴 것이 그는 이미 영미 장르소설 십여 권을 번역했다. 그는 크게 내세울 게 없는 서울 변두리에 있는 대학교 영어과를 나왔다. 대학 다닐 때 취업이라도 해볼 요량으로 죽어라 영어 공부를 했는데 정작 취업을 하지는 못했다. 하는 수 없이 입에 풀칠하기 위해 시작한 게 번역이다. 처음에는 아르바이트로 초벌 번역을 하다가 여러 해 전부터 필명 장발장으로 헐값에 영미 추리 소설책 번역을 해왔다. 학창시절 무협지, 장르소설을 즐겨봤던 게 도움이 되었다. 그랬다. 그는 삼류 번역가였다.

미스터 장이 번역을 직업으로 선택한 데는 취업난과 별도로 특별한 이유가 있었다. 그는 사람을 상대하는 데 엄청나게 애를 먹었다. 그래서 여러 명과 함께 생활하는 상근 직장이 잘 맞지 않았다. 장이 청부살인을 한다고 해서 사람과 자주 트러블이 생겼기 때문에 직장과 맞지 않았다고 보는 건 오해다. 그에게는 남다른 이유가 있었다.

그건 바로 말더듬증 때문이었다. 워낙 증세가 심했다. 무조건 무슨 말이든 그 첫음절은 서너 번 반복하고 나서야 나오기 시작했고 또 중간에 서너 번 더듬거렸다. 심할 경우에는 '따따따따' 따발총 소리와 유사했다.

가령, "형씨, 담배 한대 빌릴 수 있습니까?"는 이런 식으로 말했다.

"혀혀혀형씨, 다다다담배 한대 비비비빌릴수 있습니까?"

또한, "아가씨, 차 한잔 하시겠습니까?"의 경우에는 이런 식이다.

"아아아아가씨, 차차차차한잔 하시겠습니까?"(이때, 상대 여성은 차 한잔을 차차차 댄스로 착각했다고 한다)

이와 함께 심각한 증상을 보일 때가 있다. "너 죽을래!"라는 말을 할라치면 이런 식이 되곤 했다. 두 가지 유형이다.

첫 번째 유형은 "…"(턱에 심한 진동이 생겨서 한마디도 못함)

두 번째 유형은 "너너너너너…"(첫음절만 죽어라 내뱉음)

사정이 이렇다보니, 대인관계 & 사회생활에 심각한 지장을 초래했다. 따라서 그는 취업 면접을 보는 족족 탈락의 고배를 삼켜야했다. 하지만 장은 자신이 취업을 하지 못한 근본적인 원인을 현사회의 구조적인 면에서 찾는 고집을 부렸다. 자신과 같은 혈기 왕성한 청춘들이 대다수 취업을 하지 못하는 현실에서 말이다.

아, 어쩌다 우리의 장은 몹쓸 말더듬증에 걸렸을까?

비밀을 공유한 아여린

육년 전부터 장은 청부살인을 해오고 있었다. 그즈음 번역 수입이 워낙 적은데다가 말더듬증으로 인해 속앓이를 하던 그에게 사회 지도층과 사회 구조에 대한 터질 듯한 분노가 생겼기 때문이었다.

'왜, 저따위 인간이 금배지 차고 다니며 행세 하냐고!'

'저런 쳐 죽일 회장이 있나. 직원을 개돼지 다루듯 하면 되냐구.'

'대학 나와도 취직 안 되면 이건 나라 책임이 아닌가?'

'말더듬는 사람에게도 먹고 살아갈 일자리가 있어야 할 것 아니야.'

이렇게 속에서 연일 화가 치밀어 올랐다. 당시만 해도 소주병, 맥주병을 벽에 던지는 것으로 화를 삭였다. 그랬던 그에게 깨달음이 생겨났다. 어느 가을의 새벽, 원룸에서 혼자 소주 다섯 병을 안주 없이 다 마셨을 때다. 밖에서 청소차가 세워지는 소리가 들렸고, 쓰레기 더미가 그 안으로 처박히는 소리가 들렸다. 이른 새벽에 아무도 몰래 쓰레기가 처리되고 있었다!

그건 참으로 후련하고도 통쾌한 일로 느껴졌다. 더럽고 냄새나고 추악한 것을 착착 체계적인 방식으로 수거 되고 있었다. 그 쓰레기들은 일부 재활용되는 것을 제외하고는 소각장에서 태워질 터였다. 그러고 나면 이 동네는 쓰레기 한톨 없이 깨끗 발랄한 환경이 되는 것이다.

장은 로댕의 생각하는 사람 비슷한 자세를 취했다. 조금 비틀거리면서. 그러곤 생각했다.

'그래, 쓰레기 같은 놈들을 환경미화원처럼 처리하는 일을 해볼 만하다. 단, 수고비를 받는 조건으로 말이야.'

이런 계기로 인간쓰레기 처리 곧 청부 살인을 시작했다. 육년이 지난 현재, 장은 프로 면모를 남김없이 보여주었다. 그는 쥐도 새도 모르게 작업을 했으며, 머리 한 가닥 남기지 않는 치밀함을 보였다. 특히나 그가 작업한 살인 사건은 원인 미상의 사고사 & 자살로 처리되었다. 완벽함의 극치였기에 의뢰인과 중간 소개업자 흥신소 사장의 만족도가 하늘을 찌를 듯했다.

한데, 이번 한강변 실족사 작업은 그에게 적지 않은 오점으로 남았다. 의뢰인은 그의 존재를 전혀 모르는 게 원칙이었다. 의뢰인과 장 사이에서 단 한사람 마포흥신소 사장이 연결고리 역할을 해왔기에 의뢰인과 장은 서로를 알지 못했다. 그는 철저히 비즈니스는 한 창구로 통일하는 것을 말끔한 원칙으로 생각해왔다. 그런데 어쩌다가 그 원칙에 금이 가고 말았다.

이번에 장이 의뢰인과 직접 계약을 트게 된 계기가 있었다. 나 혼자 집에 사는 장은 일주일에 세 번 정도 주기적으로 동네 피트니스센터에 갔다. 그곳에서 비즈니스를 효율적으로 수행하기 위한 기초 체력을 키우는 한편, 만에 하나 생길 수 있는 돌발 상황에서 재빨리 현장을 빠져나가기 위해 러닝머신에서 달리기를 했다. 또한 간간히 몸의 유연성을 기르고, 긴박한 상황에서도 냉정함을 유지하기 위한 방편으로 요가를 했다. 의뢰인은 요가를 하면서 처음 만났다.

남달리 튀는 외모를 가진 20대 초반의 여성이 일주일에 한 번씩 요가를 했다. 그녀는 상큼한 동안에 어울리지 않게 늘 쓸쓸하고 처량한 표정을 지었다. 그런 그녀에게 장은 별다른 마음을 갖지 않았다. 시간이 지나 센터에 나오지 않게 되면 썰물처럼 잊히게 될 터였다. 역시나 6개월이 지나자 그녀의 모습이 보이지 않았다. 한데 그녀를 밖에서 조우했다.

그곳은 신촌에 있는 D안마였다. 장은 서너 달에 한번 그곳에 들렀다. 그런 어느 날 그녀가 방문을 열고 들어오는 게 아닌가! 처음엔 비슷한 여성인가 했는데 역시 그 여자였다. 이런 계기로 즐길 것은 즐기고 나서 이야기를 하는 시간을 가졌다. 장은 주로 듣는 편이었고, 고개를 위아래 혹은 좌우로 흔들어서 예스와 노를 표현했다. 말이 필요할 때는 메모지에 글을 적어서 건넸다. 성대가 좋지 않다는 핑계를 대었다. 여자는 말하기를 원래 자기는 아이돌 연습생이라고 했다. 아는 언니의 보증을 섰다가 빚이 생겨서 이 일을 하게 됐노라 했다.

그랬던 그녀가 이후 세 번째 만나는 날 말이 바뀌었다.

"실은 보증 때문에 빚이 생긴 게 아니에요. 기획사 대표가 나를 겁탈했는데 내가 항변하니까 쫓겨 내면서 억대의 위약금을 물어내라고 했어요."

이런 말을 할 정도면 그녀가 장에게 특별한 감정을 품었다는 걸 짐작할 수 있다. 장은 그녀에게 특별한 감정을 가진 건 아니었다. 다만 기왕이면 피트니스 센터에서 알게 된 회원의 단골이 되자는 생각뿐이었다.

그녀가 연이어 털어놓는 이야기는 이러했다. 잘나가는 신사동에 기획사 사무실이 있었고, 그곳에서 키우는 20대 초반의 상큼 발랄한 걸그룹 연습생 여자들이 있었다. 그 기획사 대표는 원래 작곡가였고 TV 오디션 프로에 종종 나왔다. 그가 히트 친 댄스곡이 많았다. 따라서 아이돌 가수들은 그의 노래를 받기 위해 줄을 서고 있었다.

기획사 대표는 그동안 번 돈과 투자 받은 돈을 합쳐 기획사를 차렸다. 이때 그녀를 포함한 네 명의 여자 아이들이 걸그룹 연습생으로 뽑혔다. 네 명의 걸그룹 연습생들은 데뷔를 하기 위해 모든 걸 포기하고 밤낮없이 노래, 댄스 연습을 했다. 그런 어느 나른한 일요일 오후, 기획사 대표가 긴히 할 얘기가 있다며 그녀를 호출했다. 댄스 연습실에서 보기로 했다.

그녀가 댄스 연습실에 들어가 보니, 대표가 혼자 있었다. 대표가 바닥에 앉은 채로 맥주를 마시고 있었다. 그녀에게 앉으라고 하고 나서 맥주를 권했다. 그녀는 평소처럼 아무렇지 않게 마셨다. 대표는 그녀에게 형편이 어렵던데 스폰서 소개해줄까라고 말했다. 그녀는 머뭇거리지 않고 "노"를 말했다. 하지만 얼마 뒤 그녀는 의식을 잃고 말았고, 깨어나 보니 속옷이 벗겨져있었다.

그 후로도 그녀는 사무실, 승합차, 모텔에서 세 번 더 당했다. 그런 어느 날에는 자신이 소개하는 투자 기업체 회장님들에게 성 접대를 하라고 하면서, 그렇지 않으면 연습생에서 빼버리겠노라 했다. 그녀는 눈물을 머금고 몇 차례 성 접대를 할 수밖에 없었다. 하지만 그녀는 아이돌 데뷔의 꿈을 포기하기 싫어 미적거리며 시간을 흘려보냈다. 그러다 최근 연습생 동료 한명이 자신도 대표에게 당했다고 털어놓는 말을 듣고 충격을 받았다. 이때 모든 걸 포기하기로 하고 걸그룹 연습생 탈퇴와 함께 경찰에 신고하겠다고 기획사 대표에게 항변했다.

그러자 대표에게서 이런 협박이 돌아왔다.

"합의하에 한 거지. 언제 내가 강간했냐고? 내가 강간했다는 증거 있으면 대보라구! 느그들이 나에게 잘 보이려고 대준 거 아니냐구. 이참에 말하는데 너 말고도 아이돌 지망생들 중에 나하고 한번 자보는 게 소원인 애들이 널렸어. 햇병아리인 너를 YYG에서 걸그룹 연습생으로 키워준 게 나야. 얘가 은혜를 몰라도 너무 모르네."

그러곤 계약서를 들이밀면서 위약 시 조항을 언급했다. 탈퇴하려면 마음대로 하고 자그마치 2억원을 위약금으로 물어내라는 것이다. 그 돈이 그동안의 투자 금액이라는 것이다. 잠시 후 대표는 그녀에게 원만하게 해결하자고 말했다. 시끄럽게 신고니 소송이니 하지 말라면서 탈퇴해도 좋으니 위약금은 1억원으로 깎아 주겠노라 했다. 이 무슨 개 뼉다구 같은 소린가!

그녀는 어쩔 수 없었다. 사회 물정 몰랐고, 부모에게 자신이 강간당한 사실이 들키는 게 두려웠다. 결국, 그녀는 눈물을 흘리며 대표와 합의를 했다. 1억을 물어주는 것으로 깨끗이 정리하는 것으로. 이렇게 해서 그녀는 돈을 벌기 위해 이곳에 들어왔다고 했다.

다 듣고 난 장은 속에서 분통이 터졌다.

'저런 쳐 죽일 놈...'

특히나 그 대표가 오디션 방송 프로에서 보여줬던 모습 때문에 더욱 화가 났다. 그 대표는 늘 자상하고 천진난만한 인상이었다. 그는 탈락한 가수 지망생에게 힘내라고 위로를 건넸고, 눈시울을 적시며 가수 지망생의 노래에 감동 받았다고 호들갑을 떨었고, 아빠의 마음으로 데리고 가서 키워주고 싶노라 했다. 그랬던 작자가 두 명의 여자 아이의 인생을 망친 것이다.

장은 그의 위선적인 태도에서 더욱 분노를 금치 못했다. 그러자 직업의식이 깨어났다. 그 쓰레기를 처리할까? 장은 메모지로 그 대표를 처리해줄까 라고 글을 써서 그녀에게 보여줬다.

그녀가 '처리'가 뭐냐고 물어오자, 장은 자신의 목에 집게 손가락 끝으로 선을 그어보였다. 그녀가 쿡쿡 웃었다. 그러면서 그래 달라고 또 웃으면서 말했다. 그녀에게 '처리'의 현실감을 느끼게 하기 위해선 별도의 조치를 취해야했다. 그래서 장은 마포흥신소 사장을 소개해주었고, 그녀는 사장을 만나 '처리'의 현실감을 똑똑히 체감했다.

그러고 나서 얼마 전 가게에서 본 날, 그녀는 심각한 표정으로 장을 맞이하면서 진지하게 '처리'를 의뢰했다. 이에 장은 프로의식을 보여주었다. 의사소통을 위해 장이 먼저 메모지에 글을 썼다.

얼마에?

그녀가 물었다.
"얼마면 되요?"
장이 메모지에 글을 적었다.

최소 1억

그녀가 담담하게 말했다.
"좋아요. 어차피 위약금으로 1억원을 대표에게 줘야하는데 대표를 처리해버리면 안줘도 되겠네요. 그 액수를 어떻게든 마련해드릴게요."
장이 글을 적었다.

좋아. 착수금 2천만 원 입금해야 착수하고 끝난 뒤 잔금 지불이야.

그녀가 답했다.

"오케이."

장이 마지막으로 메모지에 글을 적어 보냈다.

이건 단 둘만 아는 일이니까 꼭 비밀 지켜야해.

그녀가 고개를 끄덕이면서 말했다.

"네. 꼭 그 변태새끼 처리해주세요."

이리하여 아여린은 그 작자를 처리하기 좋은 장소와 시간대를 알려주었고, 장은 그곳에서, 그 시간대에 처리하기로 했다. 이와 함께 아여린은 기왕이면 빨리하는 게 좋다고 해서 장은 돌아오는 두 번째 토요일에 처리를 해주겠노라했다. 이에 아여린은 그날 미리 착수금을 주기로 했다.

그날, 장은 자신의 메일 주소를 알려주었다. 프로는 증거를 남기지 말아야한다. 그가 메일 주소를 알려 준 건 계약 사항의 증거를 남기기 위해서였다. 재수 없으면, 고생스럽게 기껏 용역을 처리하고 났을 때 의뢰인이 발뺌을 하는 수가 있기 때문이다. 언제 내가 그런 걸 의뢰했습니까? 절 아세요? 이런 식으로 말이다.

마포흥신소 사장이 그랬다. 그는 돈 때먹는 유형이었

다. 처음 그에게서 처리 용역을 소개받았을 때, 그가 증거를 남기지 말자며 자신을 믿으라고 해서 구두로 계약했다. 한데 일을 다 끝내고 나니 언제 그런 계약했느냐며 큰소리를 쳐댔다. 이때 눈치 빠른 장이 대비해둔 게 있었다. 녹음기였다. 그와의 구두 계약 사항을 들려주자 순순히 미안하다며 잠깐 자신이 오바했다며 사과를 했다. 이 뒤로 그와 주고받는 거래 속에서 우정 비슷한 게 생겼다. 이제는 아무 탈 없이 거래가 착오 없이 착착 진행되고 있었다.

어쨌거나 프로로서 장이 이번 용역 처리를 하면서 의뢰인과 다이렉트로 계약을 맺음으로써 의뢰인에게 자신의 정체를 노출시킨 점 그리고 메일 주소를 남긴 점이 오점이었다. 그녀는 텔레그램으로 계속 연락을 해왔다. 한번 꼭 뵙고 맛집과 놀이동산에 함께 가고 싶다는 둥, 오빠라고 불러도 되겠느냐는 둥, 요즘 나이 차이가 많이 나서 든든한 노총각에게 맘이 많이 간다는 둥 로맨스 초기의 멘트를 보내왔다.

프로로서 장은 쉽게 멘탈이 흔들리지 않았다. 하지만 순간적으로 가슴 한복판에서 싸한 게 퍼져 올라오는 건 막을 수 없었다. 연정이 생기려는 조짐이었다. 장은 어금니를 꽉 깨물었다.

'싸나이가 아니 프로 킬러가 이것 정도로 맘이 흔들려야 되겠나? 큰일을 도모해야하지 않겠나? 나 장덕구, 인간쓰레기 처리 미화원으로서 반드시 사회 미화 이룩하고 말 것이다! 추잡한 냄새나는 인간쓰레기 처리하구 돈을 많이 벌어야지.'

　연일 뉴스에서는 그 기획사 대표의 실족사에 대한 방송으로 요란했다. 일주일간 그랬다. 정확히 일주일이 지나자 그 죽음에 대한 뉴스가 방송에서 전혀 나오지 않았다. 그러자 사람들은 그 기획사 대표의 죽음이 애초에 없었다는 듯이 예전처럼 아무렇지 않게 생활했다. 다들 가정에서, 직장에서, 학교에서 본업에 올인했다.
　뉴스에 나온, 한강에서 시체로 발견된 이가 하필 유명 작곡가이자 기획사 대표였기에 사람들의 이목을 끌었다. 사람들은 흥밋거리로 관심을 가졌고, 잡담거리로 언급했다. 그러다 사람들은 일주일이 지나자 원래대로 아무 일 없었던 때로 돌아갔다. 제 아무리 유명한 사람이 죽었다 한들 세상(인간 사회)는 언제까지나 그것에만 집중할 인내심과 여력이 없었다. 언제나 그렇듯이 누가 죽든 말든 세상은 아무렇지 않게 떼굴떼굴 잘도 굴러가고 있었다.

　그녀는 집요했다. 대체로 낮에 텔레그램으로 메시지를 보내던 그녀가 이제는 밤낮이 없었다. 왜 답변이 없냐, 왜 가게에 안 오냐? 신상에 어떤 문제라도 생겼냐 등의 메시지를 시도 때도 없이 보냈다. 그랬던 그녀가 결정적인 한방을 날렸다.

오빠, 문자 씹으면 잔금 안 줄 거야.

이 메시지를 받았을 때 우리의 장은 뒤통수를 한 대 맞은 듯했다. 생각이 복잡해졌다. 설마, 비밀을 어디에 누설이라도 한 건 아니겠지. 이 아가씨 성질 하나는 고약하군. 역시 그래서 처리 용역을 대담하게 의뢰할 수 있는 거겠지. 장은 장고 끝에 작은 불씨 하나가 큰 불로 이어질 수 있겠다는 생각에 다다랐다. 그녀에게 메시지를 보냈다.

일요일 저녁 9시에 가게에서 보자.

곧장 답변이 왔다.

그래용 오빠 그때 뵐게요. 할 말도 많구요.

일요일 오후였다. 비가 추적추적 내리고 있었다. 장은 우산을 든 채 경의선 숲길을 건너 연희동을 지나서 으슥한 골목길을 걸으며 신촌으로 향했다. 주말이 끝나고 있는데다 비까지 오니까 인적이 드물었다. 장은 골목골목을 돌아 그 D 안마 앞에 도착했다.

장은 계단을 밟고 올라가 계산을 한 후 방에 들어갔다. 십여 분 후에 타이트한 와인색 원피스를 입은 그녀가 들어왔다. 그녀는 마치 남친을 만났을 때의 반가움과 사랑 가득한 표정을 지었다.

"오빠."

그날따라 그녀의 음성이 가슴속으로 파고 들어왔다. 장은 급속 알코올 충전된 듯이 혼미해졌다. 이내 정신을 수습하고자 어금니를 꽉 깨물었다. 그녀가 누워 있는 장에게 다가와 꼭 껴안았다.

"고마워. 그런 놈은 죽어도 싸요. 너무 고마워용."

그녀가 장의 귀속에다 입김과 함께 말을 불어넣었다. 장은 움찔했다. 장은 고개를 돌려 그녀를 바라보았다. 외형상으로는 한없이 여리고도 어여쁜 아가씨였다. 그런데 살인을 청탁하고서도 눈썹 하나 까딱하지 않는다는 게 매섭게 느껴졌다. 원래 이 여자에게도 자신처럼 킬러의 본능이 있지나 않는지 궁금해졌다.

장이 한손으로 메모지를 집어 들려고 하자 그녀가 장의 팔을 잡았다.

"오빠, 오늘은 메모지 없어도 돼요."

장이 멀뚱멀뚱 쳐다봤다.

"에이, 오빠 성대에 문제가 있는 거 아니잖아요. 전에 만났던 흥신소 사장님이 말해주던데요."

이런 흥신소 사장나부랭이가 있나.

"오늘은 편하게 원래대로 말해도 돼요. 말을 더듬는 게 뭔 문제에요. 사람의 진심이 중요하잖아요."

그건 그랬다. 장이 그녀의 소원을 들어주기로 했다.

"조조조조아—"

그녀가 자상한 표정으로 바라보았다. 더 할 말 있음 하라는 뜻이었다.

"우우우우선 자자자자."

그녀가 풋 웃었다. 그러곤 그녀가 샤워를 하고 나서 침대 위로 돌아왔다. 이윽고 둘 사이에 예쁜 시간이 뜨겁게 흘렀다. 방안에 땀 냄새가 질펀하게 퍼졌다. 그녀가 자기 이름을 말해주었다.

"내 이름은 아여린이에요."

장이 입을 열었다.

"이이이쁜 이이이름이군."

"킬러님의 이름이 뭐에요?"

"아아아알면 다다다 쳐. 그냥 장이라고 불러."

그녀가 고개를 끄덕였다. 그녀가 궁금한 걸 물어도 되냐고 물었다. 장이 고개를 끄덕였다.

"오빠는 몸이 탄탄해서 처리 일을 잘하는데 어쩌다 말더 듬증을 앓게 된 거에요? 목소리는 굵어서 듣기 좋은데."

그녀는 생각했다. 킬러는 곧 강한 멘탈이라고 봤다. 따라서 카리스마 넘치고 칼날처럼 날선 말투가 기본이라고 봤다. 따라서 곁에 있는 오빠가 그렇지 않아서 그 이유가 너무 궁금했다.

장은 별 쓰잘데기 없는 걸 다 묻는다고 생각했다. 그런데 이상하게도 그녀, 여린의 체온이 자신의 체온과 합해지자 마음이 한결 편해져왔다. 언제더라, 이런 편안함을 느꼈던 때가. 그래, 엄마가 이혼을 하고 떠난 날 엄마의 품안에 안겼을 때다. 초등학생 3학년 때다. 그 날은 어느 날보다 더 오래 자신을 품안에 껴안아주었다. 그랬던 엄마가 외국으로 떠나버렸고, 자신은 아버지에게 남겨졌다.

여린과는 비밀을 공유했기에 특별히 친밀한 관계가 만들어진 듯했다. 간간이 유흥가 여자들이 장의 가슴팍에 난 털에 얼굴을 묻혔지만 단 한명에게도 이런 친밀함을 느껴보지 못했다. 다들 한두 번의 만남으로 끝이었다. 그런데 이상하게도 여린에게서는 편안함이 느껴졌다. 무의식적으로 말이 튀어 나왔다.

"편안해."

그 말을 듣는 순간 장은 깜짝 놀랐다. 더듬지 않았기 때문이다. 여린이도 놀랍다는 듯한 표정과 함께 하면 된다고 눈빛으로 무언의 응원을 해주었다. 장이 용기를 냈다.

"여여여린 예뻐."

역시나 더듬었다. 그런데 예전처럼 심하진 않았다. 이날 장은 여린에게 킬러답지 않게 왜 자신이 말을 더듬게 되었는지를 쓸데없이 더듬거리면서 또 어눌하게 털어놓았다.

그는 원래 보통아이처럼 말을 잘했다. 그랬던 그에게 변화가 온 건 엄마가 이혼을 하고 떠나버렸을 때부터다. 세상으로부터 버림받았다는 충격을 받았다. 게다가 알코올 중독자였던 아버지의 시도 때도 없는 구타가 보태어졌다. 그는 어느 날부터 '엄마'라는 말을 할 때 더듬기 시작했다.

"어어어엄마."

이렇게 시작된 말더듬 증상이 다른 말에도 퍼져나갔다. 조금씩 퍼져나가다 결국에 모든 말을 할 때 더듬게 되었다. 장은 여린에게 더듬거리면서 다 말해주었다. 그 말을 듣고 난 여린의 가슴에는 애틋함이 생겨났다.

"오빠 사랑해. 나는 오빠가 말더듬이어도 상관없어. 오빠가 내 소원을 들어줬잖아."

너무 진도를 빨리 빼는 듯했다. 장은 덜컥 겁이 났다. 꼬리가 길면 잡히는 법이라고 이렇게 자신을 남에게 노출 시켰다가 다 들통 날 우려가 있었다. 장은 냉정하게 생각했다. 방법이 없는 게 아니지. 처리로 해서 만난 사이니까 문제가 생길라 치면 즉시 처리로 끝내는 게 답이야. 장이 벽시계를 보다가 불현듯 생각나서 여린에게 말했다.

"자자자잔금."

여린이가 배시시 웃으며 "코오올!"이라고 말했다. 그러곤 약속한 대로 좀만 기다리면 모아서 준다고 했다.

마포흥신소 사장 용필이

마포왕갈비에서 3시에 보자

장은 텔레그램에서 시선을 거두었다. 오랜만에 마포흥신소에서 연락이 왔다. 이는 곧 의뢰가 들어왔다는 말이다. 마포흥신소 사장은 사사로운 일로 누군가에게 보자는 문자를 하는 인간이 아니었다. 매사에 공과 사가 분명한 비즈니스맨이었다. 장은 사무실에서 나와 합정 지하철역으로 들어갔다.

갈비탕은 흥신소 사장 용필이의 소울푸드였다. 중요한 미팅 시에는 어김없이 마포왕갈비를 장소로 이용했다. 흥신소 사장은 천애의 고아였다. 배고픔 속에서 자라난 그는 누구보다 식욕이 왕성했다. 늘 수단과 방법을 가리지 않고 식욕을 채워야 직성이 풀렸다. 그는 미성년자 때 이미 성인 남자의 체격을 선보였고, 이를 근거로 더 많이 먹을 것을 상납 받았다. 이후 20대 초반에 별 여러 개를 단 그는 영등포에서 아그들로부터 형님 소리를 받으며 한가락 했다.

하지만 그가 지나치게 먹는 것(특히, 갈비탕)에 탐닉한 나머지 조직 관리를 등한시하는 것에 동생들이 신물이 났다. 결국, 그가 갈비탕을 배달시켜서 먹고 있는 어느 한가한 오후에 상대 조직의 습격을 받았다. 그는 그 자리에서 즉시 이 바닥을 떠날 것이며, 다시는 조직에 몸담지 않겠다는 혈서를 씀으로써 순순히 풀려날 수 있었다.

그리하여 용필이는 한강을 넘어 공덕역 근처로 스며들었다. 이때부터 그는 호구지책으로 허름한 뒷골목 상가 건물에 '마포흥신소' 간판을 내걸었다. 오전에는 집에서 틀어박혀 지내다가 점심시간 무렵에 신사복을 입고 큼직한 선글라스를 착용한 채 사무실로 향했다. 대략 12시에서 오후 1시 사이에 밖에 나왔고, 이동 수단으로 중고 벤츠를 이용했다. 절대 그는 길가에 걸어 다니면서 신변을 외부에 노출하는 법이 없었다. 그리고 그의 사무실에는 고아원 시절에 알던 동생 두 명이 아르바이트로 일하고 있었다.

장이 공덕역에서 나와 몇 분 걸으니 마포왕갈비가 보였다. 장은 가게 앞까지 걸어갔다가 멈추었다. 그러곤 잠깐 주위를 두리번거리고 나서 안으로 들어갔다. 장소는 구석에 있는 귀빈실이었는데, 대화가 밖으로 잘 들리지 않도록 밀폐가 된 곳이었다.

"오랜만이야."

180cm중반의 키에 곰 같은 체형과 깍두기 머리를 한 녀석이 금니를 번쩍거리면서 친구를 만난 듯 반가워했다. 하기야 장이 그에게 최대의 수익을 안겨주는 용역 수행자이기 때문에 그럴 만했다. 장은 눈을 길게 깜빡이는 것으로 인사를 대신하면서 자리에 앉았다.

"조금 있으면 푸짐한 왕갈비탕이 올 거야. "

그가 싱글벙글거렸다. 그가 물컵에 물을 부어 장에게 건네주면서 의미심장한 눈빛을 보냈다.

"요번 방송에 떠들썩했던 기획사 대표 한강 실족사, 네가 처리한 거 맞지? 쌍."

장이 물컵을 탁 식탁에 내리쳤다. 그러곤 나하고 한번 해볼테냐는 눈빛을 보냈다. 용필이가 하하 헛웃음을 지었다. 용필이가 버릇처럼 욕설을 섞으며 말을 했다

"씨발, 말 안 해도 돼. 그 실족사한 인간이 한 달 전에 내 사무실에 찾아왔던 아이돌 연습생의 기획사 대표잖아. 그 여자애가 YYG 소속이라고 말했어."

장은 아차 했다. 꼬리가 길었다는 걸 아쉬워했다. 용필이가 충분히 자신이 실족사 한 기획사 대표와 관련이 있다

는 걸 추론하고도 남았다. 장은 이미 엎질러진 물이라고 체념했다. 그나저나 마포흥신소를 거치지 않고 진행한 '한강변 쓰레기 처리' 일을 꼬투리로 잡고 불공정 거래를 강요하지나 않을지 심히 우려가 되었다.

용필이가 대수롭지 않다는 듯이 한마디 했다.

"우리 사이에 뭐 그런 거 가지고. 긴장 풀어."

이때, 푸짐한 왕갈비탕이 배달되었다. 왕갈비탕이 식탁에 놓이자마자 용필이는 말이 사라졌다. 한 손으로 장에게 식사를 권하면서, 다른 한 손으로 이미 갈빗국에서 큼지막한 갈비를 낚아챘다. 그러곤 콱 입에 물고 나서 두 손으로 갈비를 잡고 뜯기 시작했다. 잠시 후 정적 속에서 씹는 소리와 삼키는 소리가 용필이 쪽에서 집중적으로 퍼져 나왔다. 이와 반면에 장은 조용하게 식사를 했다. 식사 시간은 용필이가 국물에 만 밥까지 다 삼키고 난 딱 5분으로 끝났다.

용필이가 만족도 높은 표정을 지으며 냅킨으로 쓱쓱 입을 닦았다. 그 다음엔 그의 개성적인 식후 스타일을 선보였다. 이쑤시개 한 개를 들고 오른쪽 윗어금니를 후비고 나서 그대로 입에 물었다. 습관처럼 오늘도 이쑤시개를 정확히 오른쪽 어금니로 꽉 깨물었다.

그리고 나서 용필이가 고개를 장 쪽으로 숙이면서 나지막하게 말했다.

"의뢰 하나 들어왔는데 사무실에 가서 얘기하자구. 씨발."

장이 고개를 끄덕였다. 이윽고 가게를 나온 둘은 주차장으로 향했다. 둘은 흔들림이 심한 중고 벤츠를 타고 십여 분 동안 골목골목을 돌았다. 그러자 그의 사무실이 있는 상가 건물이 나타났다. 페인트칠이 다 벗겨졌고, 오줌냄새, 쥐똥냄새가 진동했다. 조만간 상가 건물은 눈밝은 부동산 투자가에게 간택되어 신속히 헐리고 그 자리에 신축 건물이 세워짐으로써, 부동산 투자가에게 높은 수익을 줄 가능성이 높았다. 이곳은 보통 사람에게와 달리 부동산 투자가들에게는 돈 냄새가 물씬 나는 곳이었다.

장은 용필이 뒤에서 일 미터 거리를 두고 계단을 올라 이층에 있는 사무실에 들어섰다. 사무실 문을 열고 들어서자, "형님", "형님"하는 목소리가 울려 퍼졌다. 아르바이트를 하는 동생들이 빈둥대다가 꼿꼿이 서서 인사했다. 한 녀석은 노랑머리를 했고, 한 녀석은 오토바이 라이딩자켓을 입고 있었다. 사무실 안에 자장면 냄새, 담배 냄새, 발꼬랑내, 곰팡이 냄새가 뒤범벅된 냄새가 가득했다.

용필이는 한손을 치켜들고 거들먹거리면서 동생들의 인사를 받아주었다. 그러곤 탁자가 있는 소파에 가서 앉은 후, 장에게 맞은편 소파에 앉으라고 했다. 장이 탁자를 사이에 두고 소파에 앉았다.

용필이가 동생들에게 사무실에 온 전화가 없었냐, 혹시 비즈니스로 나를 찾는 사람이 없었냐, 사무실 월세 독촉은 없었냐 등을 물어보았다. 동생들이 오늘은 전화 한통 없었고 형님을 비즈니스 목적으로 찾는 사람도 없었다고 말하다가, 상가 건물주 할머니가 일주일 내에 밀린 월세를 내지 않으면 쫓아내겠다고 엄포를 놓고 갔다고 말했다. 건물주 할머니 이야기를 들은 용필이가 겁먹은 듯 움찔거렸다. 그러다가 인상을 찌푸리면서, 아 진짜 내가 성질 죽이지만 않았어도 이 모양 이 꼴로 사는 게 아닌데 라고 푸념했다.

용필이가 이쑤시개를 빼고 나서 담배를 물고 길게 연기를 피워 올렸다. 동생들이 그 모습을 멍청하게 바라보았다. 장은 처음 이 사무실에 들렀을 때가 떠올랐다.

"아르바이트를 하러 왔다고? 쌍."

용필이가 한쪽 눈꼬리를 올리며 바라보았다. 용필이는 셔츠 단추를 여러 개 풀었는데 셔츠 사이로 문신이 어른거렸다. 용필이는 눈이 풀린 장이 썩 마음에 내키지 않은 듯했다. 장은 말을 하지 않고 고개를 끄덕였다.

"뭐야? 이거 벙어리 아이가? 시팔. 나 참 별 병신이 지랄하고 자빠졌네. 내가 흥신소를 하고 있으니까 물로 보이나 보지. 내가 이래 뵈도 왕년에 영등포를 주름잡던 조폭 두 목이었어. 이게 여기가 장애인 복지관으로 착각하고 있 나? 씨발."

장은 쓰레기 처리 대가로 큰돈을 만지게 된다면 무슨 일 이든 하겠다는 생각으로 그곳을 찾았다. 며칠 전에 장은 벼 룩시장 구인 광고를 보다가 '마포흥신소: 떼인 돈 회수, 불 륜 뒷조사, 어려운 일과 사건 사고 해결 & 가출 자녀 귀가시 키기, 애완동물 찾아주기 등 뭐든지 해드립니다'라는 짤막 한 광고를 접했다. '어려운 일과 사건 사고 해결'이라는 글귀 를 보고, 이곳이라면 인간쓰레기 처리를 의뢰받아 큰돈을 벌 수 있겠다 생각했다.

풀린 눈을 껌벅거리던 장이 의사소통을 대비해, 주머니 에 넣고 간 메모지를 꺼내려고 했다. 그러자 동생들이 이 상한 낌새를 차렸는지 장을 제압했다. 장은 악 하고 외마 디 비명을 질렀다. 하지만 더 이상 말을 입 밖에 내지 않았 다. 더듬거린다고 책잡히기 싫어서였다. 장은 실력을 보 여줘야 흥신소 사장이 생각을 바꿀 거라 보았고 이내 행동 에 옮겼다.

순식간에 노랑머리는 앞으로 고꾸라졌고, 라이딩자켓 은 팔이 꺾인 채로 낑낑거렸다. 장은 인상을 팍 쓰면서 용필 이를 노려봤다. 그걸 본 용필이는 움찔하다가 곧 아무렇지도 않은 듯한 표정을 지었다. 그러곤 하하 웃으면서 말했다.

"성격 급하시긴... 선수끼리 실력을 체크해본 건데. 제법이네요."

이로부터 장과 용필이는 진지하게 비즈니스 논의를 이어 갔다. 용필이는 장에게, 어느 정도 수준의 위법 행위가 가능하냐? 그리고 위법 행위의 경우 최저 의뢰비가 얼마냐? 라고 물어보았다. 장이 메모지를 꺼내 글을 적어 건넸다.

건당 최소 1억이면 무엇이든 가능. 착수금은 의뢰비 20%

그걸 본 용필이가 의미심장하게, 피를 보면서 최하 25년에서 최고 사형이나 무기징역의 형량이 주어지는 일(살인)이 가능하다는 것으로 알겠노라했다. 그러면서 경력이 있냐고 묻자, 장은 실패하면 받은 돈의 두 배를 배상한다고 글을 써서 보여줬다. 그 다음 메모지에 이런 글을 남겼다.

단. 대상은 인간 쓰레기여야함!
예 : 무염치한 기득권층 인사. 갑질 기업인. 성폭력범. 약자 괴롭히는 자 등

머리 나쁜 용필이는 예시를 통해 인간쓰레기가 뭔지 잘 이해했다. 그는 그렇고말고 "동업자 친구(벌써 친구란다)"라고 하면서, 원래부터 자기는 영등포에서 못돼먹은 인간쓰레기들을 다루는 일을 전문적으로 해왔다고 말했다. 이건 순전히 사실 왜곡이었다. 용필이는 못돼먹은 인간쓰레기로부터 하청 받은 용역을 담당했었다.

어쨌거나 이날 이후로 용필이는 나이가 한 살 아래인 마흔 한 살의 장과 친구먹기로 했으며, 장은 마포흥신소로부터 소개받은 쓰레기 처리 용역을 진행했다. 처음에는 의심 많고 잔대가리 발달한 용필이가 인간쓰레기 처리 의뢰를 받고, 그 용역을 장에게 소개해주는 게 불안했다. 하지만 장이 능숙하게 인간쓰레기를 사고사 & 자살인 것처럼 처리했기에 믿음이 두터워졌다. 그러다 1억원 용역 기준 건당 소개비 10%를 떼먹는 재미에 빠져 들어갔다. 이렇게 해서 장은 어렵지 않게 일 년에 인간쓰레기 처리를 평균 세 건씩 할 수 있었고, 그러는 사이에 6년이 후딱 지났다.

길게 담배 연기를 서너 번 뽑아 올리고 난후 용필이가 장의 눈치를 보았다. 그러곤 고개를 돌려 동생들에게 말했다.

"아그들아, 이분과 사업적으로 긴히 할 말이 있다. 그러니까 오늘은 그만 퇴근하그라."

동생들이 쿵 하고 문을 닫고 사라졌다. 용필이가 담배를 재떨이에 끄고 나서 두 손 깍지를 꼈다. 씨익 금니를 내보이면서 입을 열었다.

"이번 건은 말이야. S 건설회사 회장을 처리하는 일이야. 나이가 80대인데 알아보니 엄청 악질이야. 쌍. 강남 개발을 할 때 부동산으로 큰돈을 번 작자인데 건설 회사를 차린 후 용역 깡패를 동원해서 수단 방법 가리지 않고 수천억 원을 벌었다고 하더라구. 그 작자에게 돈이 떼인 하청업자가 수도 없이 많고, 또 시도 때도 없이 구타를 당한 직원들이 수도 없이 많다고 하더라. 씨발.

내게 외뢰를 해온 사람이 30대 후반의 남성인데, 그 S 건설회사가 진행한 경기 남부의 모 재개발 사업을 반대하다가 아버지가 목숨을 잃었다고 하더라구. 그곳 원주민이었는데 보상금을 턱없이 낮게 줘서 이주 반대 시위를 하다가 포크레인에 치여 죽었다고 했어. 여기서 끝나는 게 아니야. 염병할. 그의 어머니도 이사 후에 항의를 하러 그 건설회사 회장의 자택에 매일 같이 찾아갔다가 몸져누워 돌아가셨다네. 이 일로 그 의뢰인 아들이 충격을 받고 잘 나가는 회사를 그만두고 술로 나날을 보내다가 이곳을 왔다는 거야. 좆같지?"

용필이가 숨을 돌리고 나서 말을 이었다.

"내가 어떤 일을 원하십니까라고 물으니까 핏줄이 난 눈으로 그놈을 반신불구로 만들어 달라고 하더라구. 그 순간 촉이 딱 오더라구. 그래서 내가 목에 선을 그으면서 확실히 센 거로 해드릴 수 있다며 운을 띄웠지. 그러자 그가 망설이는 듯하다가 그렇다면 죽여 달라고 하더라구. 씨발. 내가 비용이 만만치 않다고 하니까, 2억을 줄수 있다고 하더라구. 물려받은 부동산을 처분한 돈으로 줄 수 있다고 했어. 1억 건은 소개비 10프로지만 이번 건은 2억이니까 소개비 이십 프로 때고 1억 6천이야. 어때, 진행할래?"

장이 오른쪽 재킷 주머니에 손을 넣으려 하자, 재빨리 용필이가 탁자 위에 놓인 메모지 한 장을 찢어 장에게 건넸다. 사람들은 친절 배려 서비스에 마음의 문을 열기 마련이다. 그런 점에서 한 건을 성사시켜서 한몫 단단히 챙기려는 용필이의 서비스 센스가 일품이었다.

장이 쓱 몇 글자를 적었다.

OK. 착수금 4천 입금 후 처리 착수. 잔금은 처리 후 삼일 내

그러곤 메모지를 용필이에게 건네려고 할 때 멈칫거렸다. 순간적으로 "오빠─"라는 소리와 함께 여린의 여리디 여린 얼굴이 떠올랐다. 가슴이 두근거렸다. 이처럼 망설여지는 건 처음이었다. 장은 메모지를 오른손으로 쥐고 주머니 안에 넣어버렸다. 그러곤 메모지 한 장을 꺼내 이렇게 적어서 보여주었다.

일주일 내에 결정해서 알려 줄게.

집으로 돌아오면서 다시 지하철에 몸을 실었다. 수많은 대중 속에 파묻혀 있으면 편안했다. 사람들 사이에서 하는 일이 유독 도드라진 그였지만 이렇게 대중교통을 이용하고 있으면 많은 사람들 속에 잘 섞여 들어갔다. 아무도 그를 이상한 눈초리로 바라보지 않았다. 장은 그저 그 수많은 대중 속의 일부분에 지나지 않았다.

하지만 곳곳에 CCTV가 설치된 게 눈에 거슬렸다. 따라서 의뢰받은 일을 할 때는 철저히 대중교통을 이용하지 않는 것이 좋았다. 아마추어들이 범행을 하고 나서 무심코 지하철을 이용했다가 시시각각 자신의 정체와 행로를 다 노출시키곤 했다. 장은 프로였다. 처리를 하는 현장은 물론 처리를 하러 오가는 행로에서 단 1프로의 실수도 허락하지 않는 울트라 과묵형 프로페셔널!

과연 어떻게 해서 장이 '처리'를 하는데 프로의 범상한 재능을 갖게 되었을까? 그는 초등학생 때 이미 태권도, 유도를 연마했으며 중·고등학교 시절에는 권투와 검도를 섭렵했다. 운동에 몰두함에 따라 엄마에게 버림받았다는 서글픔과 아버지의 행패로 인한 심적 고통을 잊을 수 있었다.

물론 이렇게 다양한 운동을 배우려면 만만치 않은 비용이 발생한다. 다행히 운동에 소질이 있는 가난한 학생을 도장 원장과 체육관 관장이 귀여워해서 그가 각종 잔심 부름 & 청소를 하는 것으로 등록비를 면제해주었다. 하지만 워낙 과묵했고, 나서길 좋아하지 않아서 그가 몸 쓰는 방면에 탁월한 재능을 가지고 있다는 사실을 알고 있는 건 친구들 사이에서도 극소수였다. 그 극소수도 장이 함구령을 내렸기에 아무도 그가 범상한 격투가임을 몰랐다.

대학교 1학년 때 그는 특전사를 희망했지만 심한 언어장애 탓으로 방위로 빠졌다. 따라서 그의 이력서를 보면 단 한 줄도 몸을 잘 쓰는 사람으로 기록되어 있지 않았다. 오히려 그는 외견상 마른 체형에다가 과묵했고 늘 멍청하게 눈이 풀려있었기에 더더욱 몸을 쓰는 유형하고는 거리가 먼 사람으로 여겨졌다.

그는 초중고 시절 내내 많은 학생들 사이에서 묻히는 학생이었다. 공부도 중간 정도였고, 쉬는 시간에 무협지와 추리소설을 보는 게 낙이었다. 그런데 그가 단 한번 반짝 돋보이게 된 때가 있었다.

고등학교 1학년 때였다. 시골 변두리 고등학교마다에는 한명씩 짱이 있었다. 장이 다니던 학교에는 3학년 전직 유도 선수 출신이 짱이었다. 하도 사고를 많이 치는 바람에 유도 선수 자격을 박탈당했고, 그 후론 학생들 괴롭히는 것으로 심심풀이를 하고 있었다.

그날이었다. 전직 유도선수 현직 학교 짱 취미 학생 괴롭히기인 그 녀석이 장을 건들었다.

"말더듬이 병신 새끼가 학교는 어떻게 다니냐."

그를 보좌하는 아이들이 까르르르 웃음을 터뜨렸다. 그러곤 그 녀석이 바닥에 찍 침을 뱉고 나서 말했다.

"병신새꺄, 침 핥아."

장을 노려봤다. 고등학생 장은 심장이 쿵쾅거렸다. 이때 보좌진 두 명이 다가와 그를 낚아채서 바닥에 얼굴을 눌렀다. 이마에 침이 묻었다. 장의 가슴에서 분노가 용솟음쳤다. 장은 격투 면에서 자신감이 있었기에 침착함을 유지했다.

장은 일어나서 이마에 묻은 침을 닦으면서 입을 열었다.

"나나나랑 하하하판하자."

"얘가 뭐라했나? 설마 한판이라고 했나?"

또다시 주변에서 한바탕 웃음이 터졌다. 학생 괴롭히기가 취미인 짱이 더 크게 웃었다. 이윽고 방과 후가 되자 학교 뒷산에 짱과 보좌진 두 명이 그들이 말하는 '병신'을 데리고 왔다. 그들은 격투를 하려고 하는 게 아니라 응징을 하려는 의도로 장을 데려왔다. 세 명이 공터에 멈춰 서자, 짱이 장에게 사과하라고 했다. 그리고 사과의 표시로 금전

적 대가가 뒤따라야한다고 말했다.

그 말이 끝나기 무섭게 짱이 본보기를 보여주기로 한듯 장의 옷을 잡고 메치려고 바싹 다가왔다. 이때, 장은 돌려 차기로 그의 면상을 피범벅으로 만들었다. 코피가 터졌다. 그 상태에서도 짱은 경험 많은 실력자로서의 위엄을 잃지 않았다. 상대의 예사롭지 않은 실력을 알아본 그는 이번에는 에프엠대로 자세를 취하고 다가오더니 그의 멱살을 잡았다. 그는 결판이 났다고 자신했다. 그것도 한순간, 그는 오른쪽 다리가 장의 다리에 걸려서 공중에 붕 뛰어올랐다가 땅바닥에 자빠졌다.

장은 그의 목을 발끝으로 누르며 말했다.

"주주죽는다."

녀석은 기겁을 하고 오줌을 질질 배출했다. 옆에 있던 보좌진 둘은 순식간에 학교 서열이 바뀐 것을 알아차리고 민첩하게 대응했다. 공손하고 예의바른 자세를 취하면서 엄지 척해주었다. 장은 보좌진에게 집게손가락을 입에 갖다 대고 '쉿'하는 메시지를 보냈다. 이후, 보좌진 둘은 알아서 척척 함구령을 잘 따랐다.

장에게는 격투 & 검술 능력 외에 쓰레기 처리를 위한 특별 기술(미행, 잠복, 은밀한 침투, 마취, 킬링 기술 등)이 있었다. 이는 스파이, 암살요원의 세계를 다룬 영문판 책들과 함께 인터넷 웹 서핑을 통해 독학으로 배웠다. 여기다가 많은 시간을 꼼꼼하게 실전처럼 이미지 트레이닝 훈련을 한 결과 실전 능력을 최고로 끌어올릴 수 있었다.

엄마를 닮은 아나운서

이튿날, 잠에서 깬 장은 부스스한 얼굴로 탁자에 앉은 채 생각했다. 어제 용필이의 의뢰를 단칼에 오케이하지 못한 게 내내 찝찝했다. 프로 킬러로서 먹고 살아가려면 맺고 끊는 게 분명해야했다. 킬러에게는 예스, 노우가 분명해야했다. 킬러에게는 이것저것 생각하고 고려하는 것은 불필요한 것이며, 킬러에게는 날쌘돌이 같은 액션만이 생명이나 마찬가지였다.

한데 어쩌다가 그런 프로답지 않은 모습을 보이고 말았을까? 그래, 아여린 때문이었다. 아여린이 예상치 못하게 자신에게 도발적으로 다가왔기 때문이다. 그녀를 만난 이후 그녀의 목소리가 귀속에 맴돌았고, 그녀의 체취가 콧속에 감돌았다. 사람들은 이것을 로맨스의 초기 증상이라고들 말한다. 아니, 킬러에게 이게 될 말인가?

장은 화장실로 천천히 걸어서 들어갔다. 곧이어 추리닝

을 밑으로 내린 후 방광에 가득 찬 노폐물을 깡그리 쏟아냈다. 후련하고 통쾌한 기분이 들자 결심이 섰다.

'아무래도 직업의식이 흔들리지 않기 위해서 모종의 결단을 내려야하겠어. 프로 킬러로서 자신을 잘 단도리해야할 뿐만 아니라 나를 믿고 인간쓰레기 처리를 부탁한 의뢰인에 대한 비밀 보장책임을 지키기 위해서라도 말이지. 암, 그래야 하구 말구. 그렇다면 시점은 언제가 좋을까? 나는 프로니까 신속 정확하게 해야지. 그렇다면 더 이상 기다릴 것도 없고 24시 내에?

가만 그렇게 된다면 잔금을 못 받는 문제가 생기지. 잔금을 못 받거나 안 받는다면 그것 또한 프로서의 체모가 깎이는 일이지. 잔금을 받는 날에 쥐도 새도 모르게 작업을 하는 수밖에 없군. 그리고 처리는 아무래도 자살로 위장하는 게 낫겠어. 수면제 과다 복용 자살이나 옥상에서의 투신자살이 가장 유력한데 전자가 좋겠어. 그렇게 처리를 하면 전 걸그룹 연습생 현 안마 시술소 뉴페이스가 신상을 비관해서 수면제 과다 복용으로 자살했다고 기사가 나겠지. 그러면 웬만한 프로파일러도 깜빡 넘어갈게 분명해.'

이윽고 장은 밖으로 나왔다. 가을바람이 선선하게 불어왔다. 그 바람을 기분 좋게 맞으면서 항상 그렇듯이 편의점에 들러 우유와 샐러드를 산 후 사무실에 들렀다. 사무실 안에서 컴퓨터를 켠 후 사건 사고 중심으로 신문 기사를 쭉 훑어보았다. 그러면서 우유를 마시고, 샐러드를 입에 집어넣었다. 그새 또 크고 작은 사건 사고가 생겨났다.

턱없이 올린 가게 임대료 때문에 악덕 건물주와 시비가 붙은 세입자가 망치로 건물주 머리를 내리쳤다는 기사가 눈에 들어왔다. 장은 그 기사를 보면서 생각했다.

'기왕이면 쥐도 새도 모르게 하던지, 아니면 나에게 의뢰를 하던가 하지. 그러면 뒤탈이 없을 텐데. 인간쓰레기 처리 전문 프로로서 의뢰비용은 얼마든지 협의 후 조정가능한데 말이다.'

또 다른 기사는 매스꺼웠다.

지방 모 여고 J 선생이 자신이 담임으로 있는 학급의 여학생과 성관계를 맺다. 선생은 여학생이 결손 가정의 자식이라는 점을 알고 이를 악의적으로 이용. 6개월 동안 10차례 모텔, 차량, 원룸 등에서 성관계를 맺음. 해당 여고생의 어머니는 믿었던 선생에게서 딸이 유린되었다며 통곡. J 선생은 서로 좋아하는 감정으로 성관계를 맺었다고.

장은 그 기사에서 눈을 떼면서 이런 능지처참해도 모자랄 놈이 있나 라고 혼잣소리를 했다. 장은 이런 놈을 처리해 달라는 의뢰가 온다면 기꺼이 대폭 비용을 할인해서 깔끔하게 작업할 수 있노라 생각했다.

그러곤 장은 실시간 뉴스를 시청했다. 여러 방송을 빠르게 훑었다. 정나미 뚝 떨어지는 얼굴을 한 남자 아나운서들이 스쳐 지났다. 간간이 밥맛 뚝 떨어지는 남자 아나운서 옆에 생기발랄한 여자 아나운서가 보였다.

그러다 한 방송 채널의 뉴스에 시선을 고정했다. 물론, 뉴스 방송의 신뢰성과 정직성 때문에 아니다. 장의 시선에 꽂히는 여자 아나운서 때문이었다. 한 일간지의 종합편성 뉴스였는데, 그 여자 아나운서가 진행하고 있었다. 그 뉴스는 종합 편성에서도 제일 하위권 시청률을 자랑하고 있었기에 장이 그 뉴스를 특별히 볼 이유가 없었다.

우연히 한 달 전에 무척이나 무료한 장이 이 뉴스 저 뉴스를 건성으로 보다가, 그 여자 아나운서를 보는 순간 딱 뉴스를 고정했다. 그 여 아나운서를 보는 순간 심장이 멎는 줄 알았다. 그 여자 아나운서는 무척이나 낯이 익었다. 갸름한 얼굴에 이마 정중앙에 가깝게 가르마를 탄 30대 중반의 여성이었다. 작금의 아이돌 급 혹은 미스코리아 급의 섹시 청순 발랄한 여 아나운서의 외모와는 달라도 너무 달랐다. 뺨에 적당히 살이 올라 있는 아나운서는 동양적이었으며 수수

함이 묻어났다.

그 모습은 바로 장의 어머니의 얼굴이었다. 너무나 어머니의 얼굴과 비슷했다. 장을 버리고 떠났을 때 장의 뇌리에 박힌 어머니의 얼굴과 닮았다. 장은 순간적으로 가슴이 뛰었다. 떨리는 손으로 지갑 속의 낡은 사진 한 장을 꺼냈다. 어머니의 증명사진이었다. 고개를 움직여 뉴스와 사진을 여러 번 번갈아 바라보았다. 정말, 여러 군데가 비슷했다.

이럴 때 하는 말이 데칼코마니라고 하지 않던가! 거의 닮은꼴이었다. 더욱이 아나운서의 목소리가 도회적이거나 작위적이지 않았다. 자애로운 여자 선생님의 목소리와 가까웠다. 그래서 더더욱 장은 그 아나운서가 어머니와 닮았다고 생각했다.

아나운서는 차분하게 뉴스를 진행하고 있었다. 기분이 묘했다. 가슴이 훈훈해지는 듯했다. 좋은 분위기가 이어지는데, 아나운서의 입에서 좀 전에 신문에서 접한 사건 이야기가 튀어나왔다. 찬물이 끼얹어진 듯 훈훈한 분위기가 깨졌다. 이윽고 아나운서는 잔잔한 미소를 지으며 인사를 했다. 장은 얼떨결에 고개를 꾸벅거렸다.

어찌나 그 아나운서가 강하게 뇌리에 남았던지, 요 며칠 새 장의 꿈에 세 번 나타났다. 한번은 엄마를 쏙 빼닮은 아나운서가 고운 한복을 입고 나타났다. 그녀가 장의 얼굴을 어루만지면서 눈물을 흘렸다. 그러면서 장이 좋아하는 초코파이 한 개를 장의 입에 물려주었다. 장은 엄마— 하고 소리치며 울었다. 그러면서도 초코파이를 오물거리는 것을 빠뜨리지 않았다. 장은 엄마 닮은 아나운서의 품에 얼굴을 파묻었다. 아나운서가 장을 꼭 껴안아주었다. 그러다 축축한 느낌이 들어 잠에서 깨어 나보니, 자신이 베개를 깨물고 있었다.

또 한 번은 아나운서가 외간 남자의 손에 붙들린 채로 나타났다. 수염이 덥수룩하고 배가 볼록 튀어 나온 서양 남자는 기분 나쁘게 웃고 있었다. 아나운서는 블라우스가 찢겨져 있었다. 놀란 장은 엄마— 하고 소리를 지르며 그녀에게로 달려갔다. 그런데 이상하게도 거리가 좁혀지지 않았다. 점점 그녀가 시야에서 멀어져 갔다. 장은 원통하다는 듯이 울음을 터뜨렸다. 그러다 이번에도 이상한 느낌이 들어서 잠에서 깼다. 입에서 흘러나온 침이 흥건하게 요를 적시고 있었다.

마지막은 아나운서가 고운 한복을 입고 나타나서는 자신을 찾아오라고 나직이 말했다. 아들아, 엄마를 꼭 찾아서 오렴. 그러면 네가 원하는 것을 이룰 수 있단다. 너를 제일 괴롭히는 문제가 다 해결이 된단다. 꼭 엄마를 찾아와야해. 아들아— 그러곤 아나운서가 뉴스를 진행하는 모습으로 변했다. 차분하게 뉴스를 들려주고 있었다. 아나운서의 입에서 이런 소리가 나왔다. 요즘 말더듬 때문에 고민인 분이 많으신데요 그런 분들을 위해 좋은 소식이 있습니다. 이때 사이렌 소리가 크게 들리더니 아나운서의 모습이 희미해졌다. 역시나 이상한 느낌이 들어 깨보니, 우렁차게 알람이 울리고 있었다.

마지막 꿈은 오늘 새벽에 꿨다. 장은 이 꿈에서 암시를 받은 느낌이었다. 아나운서 아니 엄마가 자신을 찾아오라했고, 그러면 자신을 괴롭히는 문제가 해결된다고 했다. 그리고 아나운서가 말더듬이를 위해 좋은 소식이 있다는 뉴스를 알렸다. 이는 아나운서로 변신하여 나타난 엄마가 자신의 심한 고충인 말더듬을 고쳐준다는 말이 아닌가! 이런 생각에 다다른 장은 가슴이 쿵쾅 뛰었다.

장은 액션을 빠르게 취했다. 네이버 검색 창에 아나운서의 이름 진하나를 넣었다. 그러자 그 아나운서에 대한 자료들이 주르르 떴다. 인물정보, 뉴스, 카페, 지식백과, 블로그, 웹사이트, 포스트, 지식iN, 지도를 빠르게 훑어 내려왔다. 그러다 다시 블로그로 올라가 순서대로 살펴보았다.

그러고 나서 '압구정 인생역전 스피치학원'이라는 블로그의 한 메뉴를 클릭했다. 그러자 그녀가 그곳에서 3개월 과정 스피치 특별 강사로 초빙 되었다는 글이 보였다. 강의 날짜는 매주 금요일이었고 강의 시간은 저녁 7시~9시였다. 이번 주 금요일에 개강한다고 했다.

장은 학원 위치를 검색한 후 스마트폰으로 지도를 찍었다. 그와 함께 학원의 전화번호를 저장했다. 그러고 나서 메모지에 할 말을 적은 후 전화를 걸었다. 통화음이 몇 초 울리자마자 여성이 밝은 목소리로 수화기를 받았다. 장은 천천히 글을 한자 한자 낭독하듯 어눌하게 읽었다. 그래도 말더듬을 피할 수 없었다.

"스스스피치 학원에 다니려 합니다. 마마말더듬 때문에…"

"네. 저희 학원에서는 말더듬증 치료를 비롯해 사투리 교정, 발표력 향상, 보이스 교육 등을 하고 있습니다. 저희 학원에서는 현재 교육으로…"

학원 홍보를 달가워하지 않는 장이 끼어들었다.

"비비비용은…"

"3개월에 이백만원입니다."

"지지지진하나 아아아나운서가 강사맞습니까?"

"네, 그렇습니다. 이번 강좌에는 진하나 아나운서가 직접 강의하십니다. 아, 그런데 그분 강의는 말더듬증 치료보다는 스피치와 보이스 교육 쪽입니다. 물론 교육을 들으시면서 발표력을 높임에 따라 어느 정도 말더듬을 치료할 수 있습니다."

"게게계좌 번호... 이이입금하겠습니다."

직원이 순발력 있게, 그러면서 스피치학원 직원답게 또박또박 은행명과 계좌 번호를 알려주었다.

"지지금 이이입금합니다."

장이 이 말을 끝으로 전화를 뚝 끊었다. 그나마 메모지를 읽으면서 말을 하니 크게 더듬지 않았다. 직원에 따르면, 진하나 아나운서의 강의는 전문적으로 말더듬을 치료하는 교육이 아니었다. 하지만 그 강의를 들으면 부수적으로 말더듬을 치료할 수 있었다. 장은 꿈의 예시를 믿어보기로 했다.

금요일 오후, 장은 지하철을 타서 압구정에서 내렸다. 스마트폰에 저장한 약도에 따라 그곳을 향해 걸어갔다. 많은 사람들로 거리가 붐비고 있었다. 대로변 사거리를 왼쪽으로 커브하니 푸른 통유리로 된 12층 건물이 눈에 들어왔다. 가까이 다가가자, 8층에 내걸린 '압구정 인생역전 스피치학원' 간판이 보였다.

장은 강의 시간 15분전에 도착했다. 건물 앞에서 잠깐 주위를 둘러보고 나서 엘리베이터를 타고 8층에 내렸다. 학원 문을 열고 들어가 학원 등록 신청서를 작성한 후에 직원의 안내에 따라 강의실로 들어갔다.

수강생들로 거의 자리를 메우고 있었다. 대부분 20대 초중반이었고 더러 삼십대, 사십대, 오십대도 보였다. 남녀 20여명이 되어 보였는데, 쪽머리에 승무원 면접복장을 한 여대생들도 보였다. 장은 맨 끝자리에 앉았다.

조금 후 진하나가 나타났다. 환한 웃음을 띤 얼굴로 연신 허리를 굽히면서 교탁으로 나갔다. 거기서 그녀는 활기차게 인사를 하고 나서 소등 후 슬라이드로 강사와 강의 소개를 하고 나서 끄트막에 꼭 인생역전하시라고 말했다. 지루한 시간이 끝나자 다시 강의실이 환해졌고, 그와 함께 진하나 아나운서의 얼굴이 전등 빛에 반사되어 환해졌다. 장의 가슴에 훈훈함이 감돌았다.

진하나 아나운서가 종이 한 장을 나눠주면서 거기에 본 강의에서 얻고자 하는 것을 적으라고 했다. 그녀는 수강생들에게 최대한 베너핏을 주겠노라 했다. 자신이 갖고 있는 모든 것을 아낌없이 여러분에게 베풀겠노라 했다. 잠깐 동안 수강생들이 종이에 글을 적었다. 어느 정도 시간이 흐르자 그녀가 그 종이를 거두었다. 그러고 나서 10분 휴식 시간이었다.

이윽고 강의가 시작 되자 그녀가 말했다.

"오늘은 휴식 시간이 있지만 다음부터는 2시간 연강한다는 것 잊지 마세요. 그러면 지금부터 자기소개 시간을 갖겠습니다. 앞에 나와서 1~2분정도 짧게 직장과 학교, 하는 일을 소개해주세요. 이 시간을 통해 저는 전문가로서 여러분의 스피치 문제점을 체크해두려고 합니다."

소개 시간이 되자, 다들 눈치 보기 경쟁에 불이 붙었다. 그것도 잠시 맨 앞에서 대학생으로 보이는 남성이 손을 번쩍 들더니, 자신이 먼저 하니 앞줄에서부터 차례대로 뒤로 하자고 말했다. 그 남성이 하고 나면 옆줄이 하고, 그러면 그 다음 줄로 하자는 말이다. 발표력이 뛰어난 젊은이였다. 말투에서 버터 바른 듯한 영어가 툭툭 튀어나오는 것으로 봐서는 유학파가 아닌가 여겨졌다.

앞에 나간 그 젊은이는 역시나 다소 서툰 한국말로 자기 자랑질에 두각을 나타냈다.

"저는 UCLA에서 공부했구요. 현재는 아나운서 시험을 프리페어하고 있는데요 내년에 꼭 M사, K사, S사 중 한 곳에 입사하려구 해요."

여유 만만한 표정에 춤추는 듯이 제스처가 요란했다. 그러곤 칭찬에 인색하지 않은 교양인으로서의 면모를 과시하는 것을 잊지 않았다.

"갠적으로 엑설런트 뉴스 진행 테크닉을 자랑하는 진하

나 아나운서님에게 렉쳐를 받게 되어 영광이에요. 진하나 아나운서님의 렉쳐는 아나운서 지망생들이 반드시 들어야하는 걸로 알고 있씁니다. 앞으로 아나운서로서 부족함이 없게끔 열심히 스피치 렉쳐를 잘 받을게요."

녀석의 차례가 끝나자 진하나 아나운서가 기쁜 듯 손뼉을 쳤다. 그러자 수강생들이 다들 따라서 박수를 쳤다. 이후 순서대로 착착 자기소개가 이어졌고, 끝나면 수강생들이 박수를 치는 건 당연한 규율로 자리 잡았다. 다들 큰 문제 없이 말을 잘했다.

어느덧, 앞줄의 맨 끝에 앉은 여대생인 듯한 젊은 여성이 수줍게 자기소개를 끝내자 장의 차례가 왔다. 오늘의 하이라트, 맨 마지막 수강생의 차례였다. 장은 프로답게 긴장한 내색을 하지 않고 앞으로 걸어갔다. 명색이 캐주얼 정장 차림을 한 40대 초반의 멀쩡하게 생긴 남성이 떨린 티를 내서야 되겠는가?

장은 예의바른 사람처럼 진하나 아나운서에게 살짝 눈인사를 하고 나서 앞에 섰다. 목례를 꾸벅하고 앞을 쳐다보았다. 심장은 평소처럼 차분하게 뛰고 있었다. 앞에 있는 수강생들이 한꺼번에 장을 해코지하려고 달려들어도 눈썹하나 까딱하지 않을 자신이 있었다. 그런데 말더듬을 피할 자신이 없었다.

장은 천천히 심호흡을 하고 나서 입을 열었다.

"저어..."

좀 나아질 것 같은 것도 한순간이었다. 짧게 끝내는 게 최선의 방책이었다. 어눌하게 더듬는 말이 이어졌다

"저저저저는 버버버번역가입니다. 아아앞으로 가가강의를 잘 듣겠습니다."

그 사이 유학파인 듯한 남자 젊은이는 시건방지게 소리 나게 쿡쿡 거렸고, 몇몇 젊은 여성은 고개를 수그리고 어깨를 들썩거렸다. 장은 발표가 끝났다는 표시로 고개를 끄덕했다. 그러자 박수가 요란하게 들렸다.

진 아나운서가 앞으로 걸어 나오면서 장에게 특별한 반가움을 표하면서, 저는 책을 좋아하는데 반갑네요 라고 말했다. 장은 대꾸하지 않고 멀뚱멀뚱 쳐다봤다. 진 아나운서가 목소리가 참 좋으시네요, 여성분들이 좋아하는 중저음 목소리를 가지셨네요 라고 했다. 그러곤 수강생을 환한 얼굴로 바라보면서 강의 종료를 알렸다.

집으로 돌아오는 내내 진 아나운서의 목소리가 귓가에 맴돌았다. 특히 자신의 목소리를 칭찬할 때의 그 음성이 그랬다. 자신의 목소리를 여성분들이 좋아한다니. 장은 살며시 송곳니를 드러내고 미소를 지으며 생각했다.

'가만 내 목소리를 뭐랬더라? 그래, 중저음 목소리라고 했지.'

장은 그토록 열등감을 가졌던 자신의 말더듬에도 불구하고 목소리만큼은 내세울 만하다는 사실에 자못 흥분을 감추지 못했다. 지하철을 나와 집으로 오는 내내 마이크로 목소리 테스트하듯이 혼잣말을 해보았다.

"조조조좋은 아침입니다."

"차차차참 미미미인이십니다."

"이이이일억 이이하로는 의의뢰 바받지 않습니다."

며칠 후, 장이 사무실 건물로 가다가 흠칫 놀랐다. 건물 앞에 경광등이 켜진 경찰차가 대기하고 있었다. 건물을 그냥 지나쳐서 옆의 파리바게트로 들어갔다. 이윽고 한 남성이 건장한 사복 경찰 두 명에 의해 밖으로 끌려 나온 후 경찰차에 태워졌다. 경찰차가 시야에서 사라지자 장은 마시던 커피를 버리고 사무실로 올라왔다. 사무실 여자 실장이 놀란 표정으로 입주자에게 어떤 일이 있었는지 말해주고 있었다.

"외국에 서버를 둔 불법 도박 사이트의 운영자 중 한명이 잡혔다네요. 그 용의자가 주로 여러 사업자들이 입주한 사무실을 이용하면서 추적을 피해오다가 경찰에 잡혔답니다. 사무실에 입주할 때는 웹디자이너라고 소개를 했었죠. 아휴, 어쩌다 저런 사람이 우리 사무실에 다 들어왔나 몰

라. 소문이라도 나면 어떡해."

그 말을 듣고 나서 사무실 안으로 들어왔다. 장은 용의자를 종종 마주쳤다. 주로 새벽에 근무를 하고 느즈막한 오후에 출근했다. 눈빛과 숨결이 예사롭지 않아서 무슨 일을 하는지 입주자 현황판을 봤더니, 'No.1 웹디자인'이라는 회사 이름이 보였다. 그런데 장은 그가 예사롭지 않게 여겨졌다. 화통한 척 하면서 누군가와 전화를 할 때도 그의 눈빛은 초조함을 감추지 못했으며, 화장실 창가에서 몰래 담배를 필 때도 숨소리가 거칠었다.

역시나 그는 범법자였다. 장은 불법 사행성 온라인 사이트로 사회 풍기를 문란케 하는 자와 함께 사무실을 공유했다는 사실에 기분이 좋지 않았다. 더욱이 장은 촉으로 보기에 이곳 사무실에는 도박 사이트 용의자 같은 범법자가 최소 한 명이 더 있어 보였다(물론, 장 자신은 빼고서). 오다가다 스쳐 지나면서 직감적으로 파악한 것을 토대로 할 때 말이다.

장은 사무실 문을 열고 들어온 후 안을 쭉 둘러보았다. 혹시 잡범이 몰래 들어오지 않았을까 해서였다. 실내에 감시 카메라가 설치되었다고 해도 안심할 수 없었다. 실제 24시 작동을 하는지, 그렇지 않으면 폼으로 갖다놓고 작동하지 않는지 알 길이 없었다. 만약 작동하지 않는 걸 눈치 챈 잡범이 있다면 얼마든지 슬그머니 장의 사무실의 문을 몰래 따고 침입할 수 있었다. 불길한 기운이 감돌았다. 날카로운 눈매로 꼼꼼히 살펴본 결과 사무실 내부에는 누군가 침입한 흔적이 전혀 없었다. 하지만 장은 경찰이 드나들었던 곳이 불길하게 느껴졌다. 다른 곳으로 이사하는 게 나을 듯했다.

이로부터 장은 이주 후에 홍대 사거리의 안쪽 5층 빌딩으로 이사했다. 그곳은 장이 다니는 피트니스센터가 있는 방향이었고, 길 건너 골목으로 백 미터 들어가야 했다. 이사하는데 이주의 시간이 걸린 이유는 이사 통보 후 이주 후에 보증금이 반환되기 때문이었다. 굳이 보증금을 연연할 필요가 없었지만, 보증금을 받지 않고 급히 이사하면 쫓기듯 다른 곳으로 옮긴 듯한 인상을 줄 것 같아서 시간을 기다렸다. 장은 새 공유 사무실 여실장에게 자신을 번역가라고 소개한 후, 목 상태가 좋지 않으니 앞으로 문자로 대화하겠노라 말했다.

5
납치된 아여린

새 사무실로 이사하기 일주일 전부터 텔레그램으로 문자가 매일 날아 왔다. 마포흥신소 사장이 보낸 문자였다. 급한 성질대로 하루도 쉬지 않고 대낮, 오후, 새벽에 문자를 척척 보냈다. 장은 신경 쓰기 귀찮아 자세히 어떤 내용이 있는지 읽어보지 않았다. 문자가 오면 눈길을 딴 데 두고 확인 처리를 해버렸다.

그러다 오늘 잠에서 깬 장은 시간을 내서 문자를 쭉 읽어 내려갔다.

왜 문자 씹는 거야? 하겠다는 거야? 말겠다는 거야? 아 씨
발 좆같아서야. 신상에 뭔일이라도 생겼냐? 친구야, 비즈니스
맨으로서 의사를 분명히 밝혀라.

이렇게 분노를 표출하는 문자들을 보내다가 마지막에

는 화기애애한 문자를 보냈다.

자슥아 마이 화났나? 내가 원래 성질 급해서 미안타 ㅜ 화
났으면 내가 사과할게. 글구 시간 더 필요하믄 더 기다려 준
다. 우린 친구 & 비즈니스의 동반자다 그치ᄊ;;
   – 당신의 영원한 동반자이자 든든한 친구 용필이가

이모티콘을 보는 순간 장의 온몸이 근질거렸다. 신속히 스
마트폰에서 고개를 들었다. 일주일 내에 의뢰 건에 대한 승
낙 여부를 알려준다는 게 어느새 이 주일을 넘겨버렸다.

그간 압구정 인생역전 스피치학원을 두 번 다녀왔다. 엄
마와 닮은 진하나 아나운서를 가까이에서 접해서인지 마
음이 무척이나 싱숭생숭해졌다. 강의를 들으며 진하나 아
나운서의 얼굴에서 엿보이는 엄마 얼굴에 집중할 때면, 자
신의 인생이 참으로 부끄럽게 느껴졌다. 나쁜 짓을 한 아
이가 엄마를 바라보는 것같이 되고 말았다. 고개를 푹 수
그릴 수밖에 없었다. 엄마와 헤어진 초등학생 3학년 때 이
후 엄마에 대한 북받친 감정이 이렇게 강렬하게 생기긴 처음
이었다.

한편 엄마를 닮은 진하나 아나운서의 얼굴에서 한 여성
의 청초함을 느낄 때면 자신도 모르게 얼굴이 붉어지면서 심

장이 두근거려왔다. 모태 솔로인 장에게 여성에 대한 설레는 감정이 이렇듯 뜨겁게 생기기는 처음이었다. 참으로 프로 킬러에게 어처구니없는 일이 생긴 것이다. 사사로운 감정에 휘말리게 되면 본업에 차질이 생기는 건 불을 보듯 뻔한 일.

킬러 장은 책상 위에 스마트폰을 올려놓았다. 그러곤 단골 배달 중국집에서 보너스로 준 이쑤시개 상자에서 이쑤시개 하나를 꺼내 어금니로 꽉 깨물며 책상 위에 놓인 작은 거울을 바라보았다. 쓸데없이 인상을 쓰고 있는 중년 사내가 보였다. 전과 달리 고뇌어린 눈빛이 흘러내렸다. 장은 이쑤시개를 우두둑 씹어 부러뜨리곤 휴지통에 던져버렸다.

'프로페셔널로서 냉정함을 되찾아야해. 냉정함을 잃어버리는 순간 프로로서 끝이나 다름없어.'

킬러 장은 곧바로 식탐 많고 돈 욕심 많고 틈틈이 잔대가리 잘 굴리는 마포흥신소 사장 용필이에게 이번 건 진행한다고 문자를 보냈다. 그러자 큰돈을 남겨 먹게 된 용필이가 신속 간결하게 문자를 보내왔다.

콜. 자료 금방 보낸다.

이윽고 텔레그램에서 문자가 왔다.

아이큐 떨어진 아그들이 고생해서 쓸어 모은 자료야. 잘 챙겨
서 작업하는데 유용하게 써주길 바람. 착수금은 한 시간 내
에 통장에 넣을 게.

그와 함께 여러 장의 사진이 쭈르르 왔다. 쓰레기 당사
자의 사진 여러 장과 그의 주소가 적힌 자택 사진, 자가용
의 앞면 옆면 뒷면 사진, 그가 강남역 지하 룸살롱에 들어
서는 사진과 그가 골프를 하는 골프장 이름이 적힌 사진이
었다. 이 정도면 꽤 많은 정보를 찾아놓은 셈이었다. 다시
금 쓰레기 당사자 사진을 바라보자 심장에서 쿵쾅거림이 전
해졌다. 오랜만에 맛보는 스릴 넘치는 긴장이 온몸에 짜릿하
게 퍼졌다.

한 시간여 지날 때쯤 스마트폰에서 알림이 떴다. 통장 계
좌에 4천만 원이 입금되었다. 그걸 확인한 장은 크게 기지개
를 했다.

이날 이후로 장은 S 회장의 동선을 파악하는 작업에 나섰
다. 자택, 회사 빌딩, 룸살롱, 골프장 근처를 배회하면서 그
의 동선을 체크했다. 그런데 어느 곳이나 CCTV가 없는 곳

이 없었다. 무척이나 곤혹스러웠다. 장은 자택 근처의 배달 가게 중에 제일 장사가 안 되는 치킨집에 위장 취업을 하기로 하고 액션을 취했다.

허름한 치킨집을 찾아가 사장에게 말했다. 이때, 미리 안약을 넣은 왼쪽 눈에서 눈물이 줄줄 흘러내렸다.

"지지지직장에서 잘려서... 다다다당장 굶어 죽게 됐습니다. 다다다다른 배달원의 급료 50%만 줘도 괜찮으니 이이이 일하게 해주십시오."

장사 잘 안 되는 가게 사장님이 심드렁하다가 "급료 50%만 줘도"라는 말을 듣자 푸하하 웃음을 터뜨리면서 선심을 쓰듯 채용하겠노라 했다.

"어려운 사람들끼리 돕고 살아야지 암. 나도 댁처럼 명퇴를 했잖소. 근데 자네 50% 정말이지? 두말 하면 안돼."

그는 급여 액수를 재확인했다. 장은 그곳에 취직이 되었고, 배달을 하다가 남아도는 시간이면 부릉부릉 오토바이를 몰고 회장 자택 근처를 배회했다. 그러면서 그가 출근하는 시간, 퇴근하는 시간을 체크했다. 그 작자는 매번 비슷한 시간대에 출근하고 퇴근했다. 그리고 항시 자가용은 운전사가 몰았으며, 호리호리한 비서를 대동하고 있었다.

하루는 그 집에서 나온 종량제 쓰레기 봉지를 들고 와서 쏟아보았다. 악취가 진동을 했다. 외국제 콘돔이 여

러 개 쏟아져 나온 걸 보니 회장의 정력이 왕성한 모양이었
다. 여러 가지 쓰레기들 중에 눈에 띄는 게 보였다. 약 봉
투였다. 약 봉투 위에, 최 회장 토요일 오후 7시에 강남 룸
에서 미팅이라는 글씨가 적혀있었다. 그 회장의 글인 듯했
다. 약 봉투에 적힌 약국 이름이 익숙했는데, 그 약국은 자택
이 있는 골목 입구에 있었다. 약 봉투 안에는 비아그라와 진
통제가 들어있었던 찢어진 진공 포장지와 이빨에 물었다
가 뱉은 듯한 피 묻은 솜이 여러 개 들어 있었다.

이를 토대로 장은 이 약 봉투의 주인은 회장이며, 회
장이 치아 문제로 치과를 다녀오면서 약을 처방받을 가
능성이 높은 것으로 결론 내렸다. 그리고 보니, 1층 약국
의 4층에 치과가 있었다. 만약 회장이 그곳을 방문했고, 그
래서 또 방문을 한다면 그의 신변 보장의 사각지대가 생
길 수 있었다.

이후로 장은 그 약국을 자주 지나다녔다. 배달을 할 때
면 굳이 그곳을 지났다. 특히 퇴근 시간에는 집중적으로 그
쪽을 지났다. 이와 함께 배달하는 것처럼 위장해 그 빌딩
에 들어가 내부 구조와 시설에 대한 답사를 마쳤다.

그런 삼 일째 되는 날 어둑해진 일곱 시쯤에 낯익은 외
제차가 약국 앞에 섰고 차에서 나온 회장이 비서와 함께 건
물 입구로 들어갔다. 그것을 본 장은 배달 오토바이를 30미

터 거리의 빌딩 주차장에 세워놓았다. 그런 후 배달통에서 아디다스 스포츠가방을 꺼내 들고 그곳 공용화장실로 들어갔다. 화장실에서 나온 장은 배달원 복장이 아니었다. 푹 검정 모자를 눌러 썼고 회색 난방을 걸치고 있었다.

검정 봉지를 품은 채 장은 빠른 걸음으로 약국 빌딩의 후문으로 향했다. 후문에 설치된 감시 카메라는 고장이 났다. 장은 계단을 이용해 사층에 다다른 후 화장실 안으로 들어갔다. 천장의 스프링클러에서 최대한 먼 구석 바닥에 종이꾸러미를 모아놓은 후, 비닐봉지에서 꺼낸 플라스틱 용기의 휘발유를 뿌렸다. 그러곤 불을 붙이고 그곳에 쓰레기통과 청소도구들을 올려놓았다. 연기가 뿌옇게 올라 나왔다.

곧이어 요란하게 화재 사이렌이 울렸고 천장에서 물이 분사되었다. 화장실을 금세 가득 채운 연기가 밖으로 흘러나왔고, 밖에서 비명 소리가 들렸다. 장은 화장실 문 틈으로 밖을 내다봤다. 치과에서 황급히 쏟아져 나온 사람들이 계단으로 달려갔다. 비서로 보이는 호리호리한 사내가 보였는데 그의 옆에 회장이 보이지 않았다. 혼자 살아보겠다는 의지가 역력해보였다. 그가 쪼르르 계단으로 내려가자, 치과 입구에서 가운을 입은 치위생사, 의사가 나와 계단으로 향했다.

이윽고 비실비실 남산만한 배를 자랑하는 나이 지긋한 남자가 걸어 나왔다. 그가 계단 쪽으로 빠르게 걸어갈 때, 재빨리 장이 그의 뒤쪽에서 마취제를 뿌린 손수건으로 그의 입을 막았다. 그러곤 그를 화장실 안으로 질질 끌고 와 통유리 창문 앞에서 세웠다. 장은 그를 뒤에서 꼭 잡고 있다. 장은 오른쪽 허리춤에서 쇠망치를 꺼내 통유리를 살짝 두드려 금가게 했다. 금간 곳에 회장의 머리를 부딪쳐 아래로 떨어뜨릴 계획이었다.

그때, 마취가 덜됐는지 회장의 입에서 가느다란 목소리가 새어나왔다.

"살려줘~"

슬쩍 회장의 얼굴을 보니 그 작자가 애절한 눈빛을 하고 있었다. 그걸 본 순간 장은 손이 떨렸다. 보지 말았어야할 것을 보고 말았다. 잠깐 망설임이 생겼다. 한 번도 이런 적이 없었다. 하지만 이내 행동에 옮겼다. 금간 곳에 회장의 머리를 대고 그를 세게 아래로 밀쳤다. 유리 파편이 튀었다.

장은 재빨리 그곳을 빠져 나와 옥상으로 향했다. 치과 빌딩 옆에 같은 높이의 신축 건물이 바짝 붙어있었다. 거리가 3미터 정도였다. 장은 힘차게 뛰어 옆 건물로 건너갔다. 그러곤 계단을 이용해 내려와 밖으로 나왔다. 밖은 완전한 어둠이었다. 천천히 걸으면서 좀 전에 오타바이를 세워둔 곳의 공용 화장실로 가서 옷을 갈아 입었고, 숨겨둔 가방을 들고 나온 후 오토바이를 몰고 가게로 돌아왔다.

다음날 오후, 장은 사무실에 가서 컴퓨터를 켰다. 우유와 샐러드를 입에 넣으면서 시선을 화면에 고정했다. 사건 사고 기사를 집중적으로 훑어보았다. 간밤에 장이 처리한 회장에 대한 기사가 주르르 나왔다. 역시나 몇 손가락 안에 드는 건설 회사 회장이다 보니 그에 대한 기사가 적지 않았다.

특히 주요 신문사들이 그의 추락사에 대한 기사를 놓치지 않을 분명한 이유가 있을 듯했다. 주요 신문사는 그 건설사로부터 십억 대의 광고 수주를 해올게 뻔하기 때문이다. 만약 다른 신문사보다 늦게 허둥지둥 기사를 냈거나, 내용 면 & 비주얼 면에서 수준 미달의 기사를 냈다가는 당장 십억 대 광고 계약 건이 캔슬되기 때문이다.

장은 기사 가운데 제일 분량이 많고, 정성껏 쓰인 기사에 시선을 기울였다. 사건 현장 사진이 여러 장 실렸고, 기사 도입부에서 회장의 죽음에 대한 추모의 정이 느껴졌다.

S 건설사 최만덕 회장님(83)이 어제 저녁 치과 치료를 받던 중 화재가 발생해 피신하다가 화장실의 창문 통유리에 부딪혀 4층 아래로 추락사. 고인은 우리나라 건설역사의 산증인으로서 일개 부동산 중

개소를 재계 20위권의 그룹으로 성장시켰으며, 특히 70년대 강남 개발에 누구보다 앞장 서 막대한 부를 축적한 것으로 알려졌다.

강남 경찰서 관계자에 따르면 S 건설사 최만덕 회장님이 추락하는 걸 목격한 사람은 없었다고 했다. 회장님은 임플란트 수술이 잘못 되어 재수술을 받고 있었는데, 마취를 하고 있었던 탓에 맨 나중에 피신을 함에 따라 회장님이 어떻게 화장실로 향하게 되었는지를 목격한 사람이 없다고 했다. 경찰은 최 회장님이 정신이 혼몽한 상태에서 화장실 문을 계단 문으로 오인해 그곳으로 피신했고, 빠른 걸음으로 창문 통유리로 다가갔다가 애석하게 변을 당한 것으로 보고 있다.

한편, 회장님을 놔두고 먼저 피신한 비서는 그룹사 차원에서 퇴직 종용을 받는 것으로 알려졌다. 또한 고인의 유족으로는 본처와 그 자녀 세 명 그리고 외처 두 명과 그 자녀 총 네 명이 있는데 향후 수천억대의 유산을 둘러싼 치열한 소송전이 불붙을 것으로 보인다.

장은 목격자가 없었다는 대목에서 안도의 숨을 길게 내쉬었다. 이와 함께 프로페셔널로서 뿌듯함을 느꼈다. 한번 해병은 영원한 해병이듯, 한번 프로 킬러는 영원한 프로 킬러였다. 장은 비닐 봉투에 우유갑, 샐러드 플라스틱 용기를 담아서 밖으로 나와 분리수거 휴지통에 버렸다. 그러곤 사무실에서 머그컵을 들고 나와 원두커피가 있는 공용 응접실로 향했다. 원두커피를 가득 채운 후 다시 사무실 안으로 들어왔다. 그러곤 컴퓨터 화면의 즐겨찾기에서 '하나로은행'을 클릭했다.

통장 계좌의 잔금을 열어보았다. 숫자가 나타났다. 1,518,000,000 6년 동안 최소한의 생활비만 쓰고 모은 돈으로 통장에 고이 모셔놓았다. 며칠 내에 의뢰비 잔금 일억 이천만 원이 추가 입금될 터였다. 이번 의뢰비는 다른 의뢰비에 비해 갑절 많았다. 보통 1억 원(소개비 10% 포함)에 인간쓰레기 처리를 해주었다. 이번 의뢰인은 전 재산을 걸 만큼 쓰레기에 대한 복수심이 남달랐다. 장은 속으로 20억만 모으자고 했다. 그 액수만 모으면 쓰레기 처리 일에서 손을 훌훌 털 작정이었다.

장은 참말로 어려운 형편에서 자라났다. 엄마가 떠난 후 장을 자나 깨나 괴롭히던 아버지는 장이 중학생이 되었을 때 반수불수가 되어 집구석에 누워 지냈다. 그러다 장이 대학에 진학할 때쯤 아버지는 숨을 거두고 말았다.

장은 기초생활수급자 가정의 자녀였기에 겨우 입에 풀칠을 할 정도로 연명했는데, 대학교에 진학해서는 국가 장학금에 각종 아르바이트 수입으로 간신히 다닐 수 있었다. 아르바이트는 거의 말이 필요 없는 직종을 전전했다. 노가다, 백화점 주차 안내원(이곳에서는 늘 입에 호루라기를 물고 있었음), 전단지 돌리기, 자장면 배달, 임상실험 알바, 장례 도우미 알바, 편의점 알바(매일 흰 마스크를 한 장에 대한 컴플레인이 많아 오래 일하지 못함) 등. 따라서 누구보다 돈의 소중함을 잘 알고 있었기에 허투루 낭비하지 않고 그간 돈을 차곡차곡 모아왔다.

은행 창을 닫고 원두커피 한 모금을 마실 때 텔레그램에 문자가 왔다. 아여린이었다.

오빠, 모하구 지내요. 가게에 오지 않구 ㅜ

무시해버렸다. 신경을 컴퓨터 앞에 모으고 진하나에 대해 검색을 해보았다. 여러 장의 사진과 기사가 떴다. 이때 또다시 문자가 왔다.

오빠, 자꾸 씹을 거야. 파산신청 할까보다.

그걸 본 순간 욱했다. 장은 답장을 보냈다.

잔금은 차질 없이 보내줘. 다신 잔금 못주는 것 같이 말하면 안돼. 오빠, 화나면 무서운 거 잘 알지?

즉각 답이 왔다.

농담한 걸 가지고 ㅋㅋㅋ 오빠 오늘 내가 사는 곳으로 올
수 있어? 그럼 앞으로 3개월 내에 잔금 지불하는 걸 약속할
게. 진짜루.

장은 미간을 찌푸리면서 답장을 보냈다.

마감을 딱 정할 거까진 없어. 돈이 모이는 때에 주면 돼.

그러고 난후 프로 의식이 발동해서 다시 문자를 보냈다.

아냐, 빨리 주면 더 좋지. 그래 자기 사는 곳 어디야. 가볼게.

그러자 아여린이 위치를 알려주는 문자를 보내왔다.

홍대 전철역 9번 출구 LC 펠리스 빌딩 712호. 항시 대기니
까 언제든지 와도 좋아.

장이 11시에 가겠다고 문자를 보냈다. 장은 잠깐 고민
을 하는 듯하더니 결심한 듯이 책상 밑에 놓인 검정 사입 가

방을 꺼내 열었다. 그러곤 플라스틱 병과 손수건, 밀봉 비닐 봉투를 책상 위에 올려놓았다. 병에서 흘린 마취액으로 손수건을 흥건히 적신 후 손수건을 곧바로 밀봉 비닐봉투에 넣었다. 그것을 재킷 안주머니에 넣었다. 장의 시선이 책상 위의 달력에 꽂혔다. 모레는 진하나의 스피치 강의에 가는 날이었다.

장은 지난 강의 시간에 받았던 유인물을 펼쳤다. 제목이 '매력적인 남자를 위한 중저음 목소리'였다. 그것을 보고 있자니, 가슴이 뛰면서 지난 번 강의 때 접한 진하나 아나운서의 목소리가 되살아났다.

"이번에는 남성의 목소리에 대해 알아볼게요. 영화배우 이병헌, 탤런트 이서진 하면 뭐가 떠오르세요? 그렇죠. 설레게 하는 중저음 목소리이죠. 어떤 분은 이 목소리를 타고나기도 해요. 그런데 대부분 사람은 그렇지 못한 게 현실이죠. 그렇다고 실망할 필요가 없답니다. 연습을 하면 누구나 중저음 목소리를 낼 수 있으니까요. 내 주변의 남자 아나운서 중에도 많은 연습을 통해, 매력적인 중저음 목소리를 갖추게 되었다는·분이 적지 않아요. 그러니까 남성 수강생들께서는 희망을 갖고 중저음 목소리를 갖출 수 있게 노력하면 좋겠네요."

그 뒤를 이어 복식호흡법, 공명발성법을 알려주는 진하나 아나운서의 목소리가 귀에 맴돌았다.

"중저음 목소리를 내려면 우선 코로 아랫배에 공기를 채우는 연습을 해야 합니다. 이게 복식호흡인데요. 이렇게 배에 힘을 주는 대신 목에는 힘을 빼기 때문에 굵고 힘찬 목소리가 나오게 됩니다. 복식 호흡은 잠자리에 누워서 해보시면 잘 할 수 있습니다. 천천히 숨을 배로 마시고 나서 천천히 내쉬어보세요. 그 다음에는 소리를 코와 입에서 울려줘야 합니다. 이게 공명 발성법입니다.

여러분, 소리가 공명이 잘 되어야 음색이 풍부해져서 듣기에 좋다는 거 잘 아시죠? 따라서 말을 할 때 의식적으로 코와 입 주변을 울려줘야 합니다. 여러분, 저를 따라 해볼까요? '음~~'소리를 내보세요. 어떠세요? 코와 입주변이 울리는 게 느껴지시죠. 앞으로 말을 할 때 항상 이 부분이 공명이 되어야 해요. 그러면 몇 분 앞에 나와서 실습을 해볼까요?"

장은 시선을 유인물에 고정하면서 무의식적으로 "음~~" 하는 소리를 냈다. 소리가 코와 입 주위로 잘 울렸다. 공명 발성이 잘 되었다. 역시나 타고난 중저음을 자랑하는 우리의 미스터 장이었다. 곧이어 강의 시간에 배운 대로 말하기 연습을 해보았다. 복식호흡법과 공명발성법을 활용하면서 말이다.

장이 작은 목소리로 말했다.

"우우움움직이면 주주죽는다."

"의의의뢰비는 하하한 푼도 아아안 깎는다."

"나나나나는 이이이인간쓰레기 처처처리반이다."

이런 직업적인 멘트를 하다가 끄트막에 이런 멘트를 입 밖
에 냈다.

"지지진진하나 서서서선생님~~"

"저저랑 차차차차 한 잔 하하하시겠습니까?"

중저음 소리는 잘 나왔다. 하지만 말더듬은 예전 그대로
였다. 장이 책상의 서류철에서 스피치 강의 시간표를 꺼내
보았다. 모레 강의 시간에 '정확한 발음법'과 '발표력 향상 비
법'을 알려준다고 적혀있었다. 발표력을 높이면 발표할 때
는 물론 일상의 대화를 할 때 울렁증, 시선 공포증, 얼굴 붉
히는 증상, 말더듬증을 고치는 데 도움이 된다고 적혀 있었
다. 장은 한숨을 내쉬면서 제발 말더듬증이 고쳐지라고 속으
로 말했다.

한참 후 장은 피트니스 센터에서 한 시간 반 정도 몸을 풀
고 샤워를 한 후 아여린의 거주지로 향했다. 15분 거리였
다. 장은 그 건물의 뒷골목으로 돌아들어갔다. 그러곤 스

마트폰을 보는 척하면서 뒷문 안으로 들어갔다. 건물 안쪽으로 몇 걸음을 뗀 후 엘리베이터를 타고 7층으로 올라갔다. 그 사이 아여린에게 문자를 보냈다.

엘리베이터 문이 열리자 712호를 찾아서 복도 안쪽으로 들어갔다. 구석 쪽이 아여린 거주지였다. 걸어가면서 스마트폰을 열어보았는데 이상하게 답이 없었다. 항상 즉각 답을 주던 아여린이었다. 걸음을 멈추고 다시 문자를 보냈다. 이번에도 답이 없었다. 두 번씩이나 답이 없는 건 보통 일이 아니었다. 다른 사람도 아닌 킬러의 문자를 두 번이나 씹었다는 말인데 이는 웬만한 강심장 아니고서는 흉내 내기 힘든 행동이다. 자기 목을 걸지 않는 이상 이런 행동을 하기 힘들 터.

장은 꺼림칙한 느낌이 들어 온몸에 전율이 퍼졌다. 이런 생각이 먼저 들었다.

'혹시, 경찰에 신고를 해놓았나. 경찰이 그녀의 집에 잠복하고 있는 건가?'

그 다음에는 이런 생각이 들었다.

'그렇담 계속 문자의 답을 해줘야 나를 유인할 수 있지. 왜 문자를 씹는 거지?'

장은 약속 시간을 넘겨보려고 했다. 장은 아여린의 거주지에서 10미터 거리에 있는 비상계단으로 가서 몸을 숨겼다. 그러곤 문을 살짝 열고 밖을 지켜보았다. 30분이 흐르고, 한 시간이 흘렀다. 그때 아여린의 거주지 쪽에서 문이 열리는 소리가 들려왔다. 그러면서 이런 소리가 작게 들렸다.

"거봐 안온다고 했잖아. 녀석이 프론데 쉽게 잡히겠어. 오늘은 틀렸으니 그만 돌아가자구. 애를 데리고 가면 녀석이 우리 앞에 나타날 거야."

그와 함께 흑흑흑 하는 여자의 가녀린 울음이 들려왔다. 그 울음을 남성의 거친 목소리가 덮쳤다.

"씨발년아, 울음 그쳐. 우리와 일행인 것처럼 평온한 태도로 밖으로 나가야해. 헌튼 짓을 했다간 땅에 묻어버린다. 마지막 경고야!"

장은 슬쩍 문을 닫았다. 그러곤 빠른 걸음으로 계단 아래로 내려와 지하 주차장에 도착했다. 잠시 후 선글라스를 낀 건장한 체격의 정장 차림 남성 다섯 명과 모자를 푹 눌러쓴 아여린이 보였다. 그들은 대기하고 있던 승합차에 올라탔고 이내 밖으로 나가버렸다. 장은 멀리서 사내들과 승합차의 번호판을 사진 찍었다.

6
신사동 쌍칼 사무실 급습

장은 집으로 돌아오면서 마포흥신소 사장에게 차 번호판 사진을 보낸 후 차량 소유주를 알아봐 달라고 했으며, 다음날 열두 시에 사무실로 간다고 전했다. 프로로서 실책이라는 생각이 들었다. 아여린이라는 여성과 안면을 트고, 그녀의 의뢰를 받아준 게 치명적인 실수였다.

장의 촉으로 볼 때, 의문의 남자들은 불시에 아여린 집에 쳐들어와 자신의 정체와 자신이 그곳에 온다는 걸 알아낸 후 자신을 기다리고 있었다. 그러다 자신을 사로잡는 게 수포로 돌아가자, 아여린을 인질로 납치한 게 분명했다. 대체, 녀석들은 뭣 하는 놈들인가? 아여린과 직거래를 한 게 후회스러웠다.

다음날, 여느 날보다 일찍 열한시에 기상을 한 미스터 장은 택시를 타서 막바로 마포흥신소 사무실로 향했다. 마포홍신소 사장 용필이가 다리를 꼰 채로 담배를 피우며 기다리고 있었다. 혼자였다. 장을 보자마자 금니를 씨익 드러냈다.

"미스터 장, 무슨 일이야? 씨발."

장이 말없이 인상을 찌푸렸다.

"또 인상은... 급한 용무가 생겼나 보네. 차번호는 아그들에게 알아보라고 시켜놨어. 아그들이 강북은 물론 강남까지 발이 넓어서 곧 차 소유주가 누군지 알 수 있을 거야. 물론 용역비가 얼마냐에 달렸지만."

장이 말했다.

"오백."

그러자 용필이가 오호 그럼 백퍼지라고 말했다. 그러면서 우리 비즈니스는 선불이 원칙이라는 말을 빼먹지 않았다. 장이 그에게 문자를 보냈다.

잔금은 언제?

용필이가 말했다.

"오늘 2시쯤에 보내준다네."

장이 문자를 보냈다.

거기서 까.

용필이가 장의 눈치를 보면서 그러겠다고 말했다. 그러
곤 뭔 일이냐고 물었다. 장이 문자를 보냈다.

그 여자가 납치됐어. 접때 내가 소개해서 이곳에 찾아왔던 여자.

용필이가 눈을 치켜떴다.

"저번에 한강에서 실족사 처리된 기획사 대표 건 의뢰
한 여자 말이지? 그러니까 그 기획사의 걸그룹 연습생 영
계 말이지? 염병할."

장이 고개를 끄덕였다. 용필이가 심각한 표정을 지었
다. 담배 한 대를 더 피우고, 자세를 바꾼 후에 느릿느릿 말
했다.

"골치 아픈 일이 생겼네. 좆같이. 그 영계가 자네에 대
해 싸그리 다 알고 있는데 누군가에게 납치 됐단 말이
지. 햐, 증말 난감하고 자빠질 일이네. 이 일을 우짜노. 잘못
하면 나도 엮이게 될지 모르것다. 아무래도 내가 적극적으
로 나서야 되겠다."

묵언의 장이 고개를 끄덕였다. 그러곤 둘이 헤어졌다. 이
후, 용필이는 자기 일처럼 그 번호판 차량 소유주를 추적하
는 데 앞장섰다. 장의 용역비 오백에 자신의 돈 오백을 합
하여 총 천만 원을 차량 소유자 신상 정보를 알려주는 대가

로 지불한다고 대대적으로 홍보했다. 거금을 내건 이유는 타인의 개인 정보를 알고 있는 이가 개인정보보호법 때문에 이를 쉽게 타인에게 알려주기 어렵다는 걸 파악했기 때문이다.

홍보는 주로 카센타 직원과 승합차 대리점 직원들, 중고차 직원들이 그 대상이었고, 일부는 상습 차량 절도범들이 그 대상이었다. 이쪽에는 한 사람 건너뛰면 다 아는 사람들이었다. 전현직 주먹들이 꽤 얽혀있었다.

시간이 흐른 2시쯤, 용필이는 의뢰인으로부터 잔금을 받았다. 그러고 나서 그는 차량 소유주를 알아보는 용역비 5백만원을 뺀 1억 1천 5백만원을 장의 계좌에 이체했다.

그날 여섯시쯤에 용필이의 스마트폰에 누군지 모를 전화번호가 뜨면서 전화가 왔다. 용필이가 수신을 누르자 웬 남성의 목소리가 들려왔다. 남성은 다짜고짜 큰 목소리로 이런 말을 했다.

"정말 천만 원 준다는 말이죠?"

"그래요, 마포흥신소의 이름을 걸고. 아 씨발."

"마포흥신소 간판이라, 믿을 게 있습니까?"

"하하. 형씨, 속고만 살아왔나. 당장 쏴드립니다. 진짜루요."

그러자 형씨가 잠깐 침묵을 지키더니 작은 목소리로 말

했다.

"믿어볼 수밖에 없겠네요. 나는 강남의 모 외제차 대리점에 다니고 있는 사람인데 그에게 내가 직접 차를 판매했습니다. 그 차의 번호판이 사장님이 찾고 있는 그 번호판입니다. 근데 그 소유주가... 강남 조폭 두목 신사동 쌍칼입니다."

"뭐요? 신사동 쌍칼?"

익히 알고 있는 자였다.

"만약 헛소리했다가는 당신 혼납니다. 혹시 차량 소유주 서류를 사진 찍어서 보내주실 수 있으세요? 그러면 화끈하게 지금 즉시 돈을 쏴드릴게요."

"물론이죠. 지금 사진 보내드리겠습니다. 천만 원 당장 쏴주시길 바랄게요."

사진이 담긴 문자가 날아왔다. 열어보니, 차량계약서와 운전 면허증이었다. 차량계약서에 그 번호판의 차 소유주가 신사동 쌍칼, 그의 본명으로 적혀있었다. 이와 함께 그 차량 번호판의 운전면허증에는 왼쪽 뺨에 칼자국이 난 그의 증명사진이 있었다. 용필이의 입에서 상소리가 흘러나왔다.

"좆 됐네."

곧바로 용필이는 몇 군데 통화를 하고 나서 장에게 전화를 걸었다. 그러곤 우리 좆 됐다면서 그 이유를 십분에 걸쳐 중언부언했다. 장이 *끄끄끊겠*다고 하자 그제야 새로운 사실을 알려줬다. 신사동 쌍칼이 한강에서 실족사 처리된 기획사 대표에게 투자를 하고 있다고 말했다. 그러니까 신사동 쌍칼이 기획사 대표의 뒤를 봐주고 있는 셈이라고 했다. 그러자 장이 짤막하게 말했다.

"싸싸쌍칼 사사사무실."

용필이는 알려줄 테니 절대 자신을 이 일에 개입시키지 말 것이며, 또한 절대 자신의 이름을 거명하지 말 것을 부탁했다. 수화기 너머에서 장의 목소리가 들려왔다.

"코코코올."

용필이가 가슴 졸이며 신사동 쌍칼 사무실 위치를 말해 줬다. 이윽고 전화를 끊은 용필이는 불현듯 형씨에게 줘야 할 용역 의뢰비 천만 원이 떠올랐다. 용필이는 침을 꼴깍 삼켰다. 그러다가 형씨에게 은행명과 계좌번호를 찍어달라고 문자를 보냈고, 이에 잔대가리 발달한 용필이는 오백 만 원을 깎아 오백만원을 입금시켰다. 이로써 자기 돈을 한 푼도 안 들였다. 경고 문자를 형씨에게 보내는 걸 잊지 않았다.

형씨. 개인신상 정보를 함부로 누설하면 큰 죄 아녜요? 글구 내가 신사동 쌍칼 형님에게 이 사실을 까발리면? 그니까 이 정도로 깨끗이 마무리 합시다.

여기서 잠깐, 어째서 그 신사동 조폭이 촌스럽게 '쌍칼'로 불리게 되었을까? 특전사 출신인 그는 소싯적에 신사동에서 일식집 주방장을 했다. 그러다 그 지역 건달들이 가게에서 행패를 부릴 때 본능적으로 양손에 회칼을 들고 나섰다. 건달들이 흠칫거리기는 했지만 곧바로 의자, 식탁을 마구 던지고 나서는 야구방망이를 휘두르며 그를 공격했다. 그런데 이게 웬걸, 그걸 반사적으로 피한 그는 건달들의 허벅지, 종아리, 팔에 정확히 칼을 쑤셔 넣었다. 순식간에 벌어진 일이다. 이런 계기로 뒤늦게 숨은 재능을 발견한 그는 스스로에 감탄하는 것과 함께 건달들의 형님이 되었고 시간이 흐른 후 그의 날랜 쌍칼 솜씨로 신사동을 장악했다. 이 이야기는 주먹 꽤 쓴다는 건달 사이에 파다하게 번진 소문이다. 이렇게 해서 신사동 조폭은 '쌍칼'일 수밖에 없었다.

오후 아홉시였다. 장은 사무실에 있었다. 스마트폰으로 신사동 골목에 있는 신사동 쌍칼 사무실 위치를 검색한 후 사진을 찍었다. 녀석들은 장이 프로라는 걸 안 이상 장을 기다리고 있을 터였다. 장은 검정 사업 가방에서 여러 가지 장비를 챙겨 아디다스 스포츠가방에 넣었다. 그러곤 택시를 타서 신사동으로 향했다. 대로변에서 내린 후 그곳이 있는 골목 입구에 가서 멈춰 섰다.

주택가 골목 중간에 있는 4층 건물이 보였다. 그 앞에 덩치 세 명이 어슬렁거리고 있었다. 장은 골목 모퉁이에 있는 원룸의 주차장에서 그들을 엿보았다. 장은 스파이를 다룬 책에서 습득한 테크닉을 선보이기로 했다. 그 건물에서 가장 가까운 곳에 있는 전봇대를 살펴보았다. 가로등 불빛에 반사된 변압기 한 대가 눈에 들어왔다. 장은 가방에서 물건을 꺼내 재킷 주머니에 넣었다. 그러곤 가방을 맨 채 무심하게 스마트폰을 보는 척 하면서 그 전봇대로 간 후 올라갔다.

그러곤 재킷 주머니에서 폭발성 화학약품이 든 병을 꺼내 변압기에 위에 놓은 후, 그 병 입구의 솜에 불을 붙이고 나서 내려왔다. 장은 다시 왔던 곳으로 돌아갔다. 얼마 후 변압기에 불이 붙어 활활 타오르더니 쾅하면서 변압기가 터졌다. 이내 골목이 정전이 되었다. 암흑 천지였다.

장은 아디다스 스포츠가방에서 야간 투시경을 꺼내 머리에 착용했다. 그러곤 자박자박 걸어서 사무실로 향했다. 덩치들이 우왕좌왕했고, 그중 한 명은 스마트폰 불빛으로 주위를 밝혔다.

장은 제일 먼저 스마트폰을 들고 있는 녀석에게 다가갔다. 녀석이 갑작스러운 일에 당황한 기색이 역력했다. 녀석이 크게 팔을 휘두르려는 찰라에 장이 녀석의 사타구니를 킥으로 가격했다. 그가 끽 하는 소리와 함께 고꾸라졌고, 옆에 있는 두 녀석이 스마트폰의 손전등 기능을 켜려고 했다. 장이 그 두 명 앞에 다가가 정확하게 두 명치를 양 주먹으로 가격했다. 그러자 두 덩치가 맥없이 앞으로 쓰러졌다.

재빨리 장은 건물 안으로 들어갔다. 1층에서 야구 방망이를 들고 대기하던 다섯 명, 2층에서 도끼와 자전거 체인을 들고 대기하던 세 명, 3층에서 후레쉬를 비추던 도복 입은 격투가 한 명이 차례대로 고이 바닥에 엎어졌다. 장의 간결하고도 악센트 있는 동작으로 순식간에 벌어진 일이었다.

마지막 4층이 남았다. 장은 가방에서 삼단봉을 꺼내 폈고, 가방을 계단에 두고 4층으로 올랐다. 그가 4층에 올라서자마자 공기를 가르는 칼날 소리가 들렸다. 장은 한쪽으로 비켜서면서 피했다. 연속으로 다시 칼날이 들어왔다. 장은 앞으로 떼구르르 굴렀다. 칼잡이와 거리를 확보했다. 테이블 위에 촛불이 흔들리고 있었다. 그 옆에 한 녀석이 포박된 아여린를 지키고 있었다. 쌍칼을 든 상대가 보였다.

그가 거친 목소리로 말했다.

"여기로 올 줄 알고 대비하고 있었지. 솜씨가 보통이 아...."

말을 끊고 다시 공격해왔다. 이번에는 두 칼을 휘저으면서 달려왔다. 장이 옆에 있는 의자를 그에게 던졌다. 그가 슬쩍 피했다. 이때 장이 그에게 달려들어 삼단봉으로 그의 머리를 힘껏 내려쳤다. 그가 잽싸게 피한 후, 조심스럽게 다가왔다. 쌍칼이 장의 얼굴을 찌를 듯이 칼을 들이미는 척하다가 이내 장의 다리를 공격했다. 상대의 취약한 하체 찌르기였다. 살짝 바지에 칼끝이 스쳤지만 장은 펄쩍 점프를 한 채로 오른발 킥으로 쌍칼의 목젖을 가격했다. 컥 소리를 내는 것과 함께 쓰러진 쌍칼은 전의를 상실한 듯 소리 없이 자빠졌다.

이를 본 테이블 옆의 남자가 부들부들 떨면서 말했다.

"아... 저는 시키는 일만 했을 뿐입니다... 저는 신사동 쌍칼의 비선데 선생님, 아니 사장님을 몰라보고 무례를 저지른 것 같습니다. 목숨만 살려주시면..."

야간 투시경을 벗은 장이 눈빛으로 아여린을 가리켰다. 풀어주라는 신호였고, 목숨이 간당간당한 그 비서가 재빨리 행동에 옮겼다.

손목이 풀린 아여린이 그 비서 앞에 서서 그에게 물었다.

"어떻게 내가 기획사 대표 청부 살인을 시킨 걸 알았죠?"

그가 떨리는 목소리로 말했다.

"가가갑자스러운 그의 실족사가 여러모로 의심스러웠습니다. 그그래서 그와 금전 문제, 소송 문제, 이성 문제로 얽힌 사람들을 추적해봤어요. 그랬더니 당신이 포함된 몇 사람을 추릴 수 있었죠. 그중에서 한명을 찾던 중에 걸그룹 연습생 한명에게서 당신이 술 취한 목소리로 기획사 대표에게 복수했다고 전화를 한 적이 있다는 사실을 알게 된 겁니다...”

그 말을 듣고 난 아여린이 북받치는 듯 그의 뺨을 세게 때렸다. 그러곤 자신의 허리춤에 두 손을 살포시 올린 예쁜 자세를 하곤 앞차기로 비서의 낭심을 찼다. 비서도 쌍칼처럼 양탄지 위에 고이 드러누웠다. 아이돌 연습생 시절 율동 연습으로 다져진 아여린 솜씨가 대단했다.

아여린이 장에게 다가와 말했다.

“고마워요, 장.”

그녀의 뺨에 굵은 눈물방울이 흘러내렸다. 장은 순간적으로 가슴이 후끈거렸다. 하지만 무뚝뚝한 표정을 지으며 아여린의 손을 잡고 계단으로 향했다. 계단에서 아디다스 가방을 챙겼고, 가방에 삼단봉과 야간 투시경을 넣었다. 그러곤 재빨리 건물에서 빠져나왔다.

장은 아여린과 택시를 타고 망원 한강공원으로 향했다. 장은 자신의 재킷 안주머니에 든 밀봉봉투 속의 마취제 손수건을 떠올렸다. 망원 한강공원으로 아여린을 데리고 가서 모든 걸 깨끗이 정리하고 싶은 마음이 생겼다. 아여린만 사라지면 만사 끝이었다. 그러면 자신의 정체가 발각

될 염려가 없으며, 쓸데없는 일에 엮일 필요가 없었다.

그때 아여린이 잠에 빠졌는지 고개를 슬쩍 자신의 어깨에 눕혔다. 그녀의 숨소리가 가까이 들려왔다. 장의 온몸에 훈훈함이 감돌았다. 장은 속으로 틀려버렸군 이라고 말했다. 장은 택시 기사에게 망원역에서 내려달라고 한 후 아여린과 함께 근처 모텔에 들어갔다. 방안에 들어간 후 둘은 멀뚱멀뚱 쳐다보기만 했다.

장이 아여린과 함께 있을 때 말을 더듬지 않았던 것을 떠올렸다. 장은 입을 열었다.

"아―무 걱정 말구, 여기서 지내."

놀랍게도 더듬지 않았다. 아여린이 슬픈 표정으로 그러겠노라 고개를 끄덕였다.

"내내내가 지켜줄 테니… 다다당분간 펴편하게 여기서 지내."

이번에는 더듬고 말았다.

아여린의 자살

솜씨 좋데이. 그 정도까진 상상도 못했다. 대단하데이. 신사
동 쌍칼의 목뼈가 부러져버렸다고 하더라. 그 조직은 이제 끝
이라고 봐도 돼. 친구야, 진짜 멋있다. 우리는 친구다 잊지 말
그라.

　　– 의리를 젤로 중시하는 미스터 장의 영원한 동반자 & 친
　　　구 용필이가

　두시쯤에 깼을 때, 텔레그램에 문자가 와있었다. 스마트
폰에서 시선을 거둔 장은 스마트폰을 주머니에 넣고 사무실
로 향했다. 도중에 우유와 샐러드를 사서 사무실로 들어갔
다. 아점을 오물거리면서 사건 사고 뉴스를 살펴봤지만 신
사동 쌍칼에 대한 기사는 없었다. 반신불구로 살아남은 조
직 나부랭이들이 조용히 뒤처리를 한 모양이었다.

진하나의 스피치 강의가 있는 날이었다. 장은 6시에 출발하기로 했다. 한 시간 정도 스피치 학원의 유인물을 본 후 두 시간 동안 몸을 풀기로 하고 피트니스 센터로 향했다. 그곳에서 러닝머신에서 10킬로를 뛰고 나서 바벨을 집중적으로 해서 스트레스를 풀었다. 몸에서 후끈후끈 열이 올라오면서 머릿속에 저장된 간밤의 일이 싹 사라지는 듯했다. 이윽고 샤워를 한 후 밖으로 나와 압구정 인생역전 스피치학원으로 향했다.

강의실에 들어선 장은 맨 뒷자리로 가서 앉았다. 외국물 먹은 아나운서 지망생 머슴아의 뒤통수가 제일 먼저 눈에 들어왔고, 승무원 면접 복장을 입은 스튜어디스 지망생들의 쪽진 머리가 여럿 보였다.

잠시 후, 진하나 아나운서가 밝은 표정으로 교탁 앞으로 갔다. 그 모습을 보니 장은 가슴이 두근거렸고 몸이 따뜻해졌다. 진하나 아나운서가 오늘은 두 타임으로 나눠 강의를 하겠다고 했다. 1부 60분은 '정확한 발음법', 2부 60분은 '발표력 향상 비법'이었다. 1부 강의가 진행되었다.

"저도 아나운서가 되기 전에는 발음이 부정확해서 고민이 많았답니다. 한데 스피치 학원에 등록해서 많은 훈련을 한 결과 현재처럼 또박또박한 발음을 할수 있게 되었죠. 이번 시간에 여러분에게 알려드릴 것은 아나운서의 발음 연습법입니다."

외국물 먹은 머슴아가 관심 많다는 듯이 고개를 치켜들었다. 녀석 때문에 시야가 잘 확보되지 않았다. 그리고 스튜어디스 지망생들 뒤통수의 동그랑땡 머리가 좌우로 흔들렸다. 다른 수강생들은 심드렁하게 듣고 있었다.

곧바로 진하나 아나운서가 유인물을 나눠주고 나서 말을 이어갔다.

"아나운서 지망생은 정확한 발음을 위해 볼펜이나 연필을 앞니로 문 채 입안에 혀가 움직일 공간을 확보해서 또박또박 소리를 내죠. 이때 아나운서들이 내는 소리가 유인물에 적힌 소리입니다. 내가 읽어볼게요. 아야어여오요우유으이. 가나다라마바사아자차카타파하. 강낭당랑망방상앙장창캉탕팡항. 각낙닥락막박삭악작착칵탁팍학. 기니디리미비시이지치키티피히. 그러면 저를 따라서 이것을 말해볼까요?"

수강생들이 볼펜, 연필을 물고 소리를 내기 시작했다. 젊은 여성 몇몇은 쿡쿡 웃었고, 남자 수강생들은 대체로 과묵하게 지시에 잘 따랐다. 충분히 연습을 하고 나자 어느새 1부가 끝났다. 곧바로 2부 강의가 시작되었다. 진하나 아나운서가 이번에는 자못 진지한 표정으로 교탁 앞에 섰다.

"이번에는 발표력이 약해서 고민인 분을 위한 시간을 갖겠습니다. 발표력이 약한 증상은 대표적으로 이런 것들이 있어요. 말할 때 얼굴을 붉히는 것, 말할 때 시선을 회피하는 것, 말할 때 심하게 떨리는 것, 말할 때 머리가 백짓장처럼 하얘지는 것, 말을 더듬는 것 등입니다.

이런 증상이 있으면 직장 생활을 하는데 큰 지장이 생길 수밖에 없겠죠. 그리고 일상적인 소통에서도 문제가 생기기 때문에 마음고생이 매우 심할 거예요. 사실, 저도 뉴스를 처음 할 때 많이 떨렸답니다. 방송 중에 식은땀이 났고 어떤 말을 했는지 기억이 안 났어요. 한데 떨림증을 극복해냈어요."

이때 젊은 여성 수강생들이 와 정말요? 라며 맞장구를 쳤다. 진하나 아나운서가 활짝 웃으며 그 여성들을 바라보며 고개를 끄덕여주었다. 그러곤 진하나 아나운서가 다른 수강생의 시선을 마주치면서 교감을 나누다가 돌연 시선을 맨 뒤쪽 자리로 직진시켰다. 딱 장의 게슴츠레한 눈과 마주쳤다. 진하나 아나운서는 대담하게도 시선을 피하지 않고 계속 마주쳤다.

"수강생들 중에서도 발표력이 약해서 큰 고민인 분이 있는 걸로 알고 있어요. 하지만 실망하기에는 일러요. 영화 〈킹스 스피치〉에 나오는 영국의 조지 6세도 심한 말더듬증을 겪었지만 훗날 명연설가가 되었고요, 영국의 총리 윈스턴 처칠도 말더듬증으로 고통을 받았지만 많은 훈련을 통해 세계적인 연설가로 거듭났지요. 그러니까 오늘 강의를 듣고 꾸준히 연습을 하다보면 많이 좋아질 거예요."

진 아나운서가 눈을 깜박이고 나서 말을 이었다.

"흔히, 발표력이 약한 분 중에는 자존감이 약한 분들이 많다고 해요. 열등감이 많다는 말이죠. 그래서 발표력을 높이기 위해서는 심리적인 치료가 병행되어야합니다. 근데 저는 심리 치료사가 아니니까 그런 치료를 할 수는 없습니다. 저는 아나운서로서 발표력을 높여주는 실전 팁 5가지를 알려드릴까 해요. 이 5가지 팁으로 발표력을 높이면 발표 때는 물론 일상적인 대화를 할 때 떨림, 시선 회피, 말더듬증을 극복할 수 있다고 봐요."

이어지는 '발표력 높여주는 팁 5가지'는 이러했다.

1. 불안과 두려움을 부정하지 말고 당연하게 받아들여라.

2. 실수를 지나치게 의식하지 말라.

3. 말을 잘하고 있는 자신의 이미지를 떠올려라.

4. 틈틈이 복식호흡과 간단한 체조를 하라.

5. 자신만의 구호와 의식을 만들어라.

진하나 아나운서가 차례대로 설명을 했다. 장은 듣고 있으려니 뻔해보였다. 너무 큰 기대를 했는지 실망감마저 들었다.

하지만 엄마 인상의 진하나 아나운서가 들려주는 팁이었기에 내색을 하지 않았다. 감히 엄마가 손수 준비한 밥과 반찬에 투정을 할 수 없는 것과 같았기 때문이다. 엄마가 해주는 그 모든 게 사랑으로 가득 찬 게 당연하지 않는가? 따라서 장은 대단한 팁이다, 말더듬증을 고쳐주는 특급 처방이다 라고 되뇌면서 마인드 컨트롤을 했다.

진하나 아나운서가 세세히 설명하다가 다섯 번째 팁에 이르렀다.

"다섯 번째 팁은 '자신만의 구호와 의식을 만들어라'입니다. '할수 있다', '나는 최고다', '나는 얫지녀(남)이다'라는 구호를 하는 게 떨림증, 말더듬 극복에 도움이 됩니다. 스포츠 선수들이 이런 구호를 하는 것 잘 아시죠? 여러분도 누군가와 대화를 하는데 불안하거나 말을 더듬는다면 구호를 잘 활용해보세요. 저는 개인적으로 뉴스를 진행하다가 떨릴 때면 '할수 있다'라는 구호를 외치면서 극복하고 있어요.

다음은 의식인데요 피아니스트 백건우는 무대공포증을 극복하기 위해 분장실에서 나와 1분간 부동의 자세로 서 있다가 무대 위로 올라갑니다. 이런 자기만의 의식이 떨림증과 말더듬증을 극복하는 데 효과적이죠. 자기만의 의식을 만들어보세요."

그 말을 끝으로, 다음 시간에는 발표력 약한 몇 분을 강의

실 앞으로 불러내 발표를 시켜보겠다고 했다. 발표할 사람
은 자신이 정하며, 발표 내용과 시간은 문자로 알려주겠다
고 했다. 그러면서 오늘 강의 시간에 알려 준 팁을 활용해 꾸
준히 연습을 해보라고 했다. 강의가 끝났다.

다들 의자 빼는 소리를 내면서 일어설 때, 진하나 아나운
서가 장덕구 선생님~이라며 장을 불렀다. 장이 가슴이 철
렁거렸다. 엄마가 자신을 부르는 듯했기 때문이다. 수강생
이 거의 다 빠져 나갈 때쯤 진하나 아나운서와 장이 교탁 앞
에 섰다. 진하나 아나운서가 자애로운 표정을 지으며 입
을 열었다.

"선생님, 말더듬 때문에 고민이 많으시죠. 그게 발표력
이 약해서 그런 거랍니다. 그러니까 좀 전에 내가 알려준 팁
대로 연습을 많이 해보세요. 그리고 다음 강의 시간에 선생
님이 앞으로 나와서 발표를 직접 해보시면 어떨까 해요. 괜
찮죠? 이번 기회에 여러 사람 앞에서 말하기 실습을 하면 말
더듬을 극복하는 데 많은 도움이 되실 거예요."

장은 머리가 하얘지는 듯했다. 수강생들 앞에서 말을 더
듬는 자신이 떠올랐기 때문이다. 장은 과단성 있게 "오늘
은 이만"이라고 말하려고 입을 열었다.

"오오오…"

"어머, 오케이라는 거죠? 그러실 줄 알았어요. 선생님이 큰 용기를 내셨네요. 앞으로 선생님의 말하기에 큰 도움이 되실 거예요. 발표 내용은 나의 꿈이이고요 5분의 시간이 주어집니다. 크게 부담 갖지 말고 준비해주세요."

진하나 아나운서가 따뜻함으로 가득한 눈빛을 장에게 보냈다. 그와 함께 그녀의 향긋한 향수 냄새가 장의 코를 간지럽혔다. 장은 마술에 걸린 듯, 고개를 끄덕였다. 진하나 아나운서에 의해 장은 무장해제가 된 셈이었다. 진하나 아나운서가 다이어리에서 무언가를 꺼내 장에게 건넸다.

"내 명함입니다. 궁금한 게 있으시면 전화나 카톡, 문자로 연락주세요."

장은 명함을 받아 재킷 주머니에 넣었다. 그러곤 진하나 아나운서에게 목례를 하고 밖으로 나왔다. 장은 머리가 복잡해진 채 터벅터벅 걸어서 귀가했다.

다음 주 강의 시간에 자신이 할 발표가 인간쓰레기 처리 건에 맞먹는 부담감으로 다가왔다. 아니, 그 이상의 압박감이 느껴졌다. 발표와 인간쓰레기 처리, 둘 중에 하나를 선택하라면 당연히 후자였다. 애석하게도 진하나 아나운서는 장에게 둘 중 하나를 선택하라 하지 않았다.

장은 무언가에 꽂히면 무섭게 달려드는 스타일이었다. 진하나의 권유로 수강생 앞에서 발표를 하기로 된 이상 악착 같이 준비하기로 했다. 수강생의 실망보다 진하나 아나운서의 실망이 두려웠다. 장은 매일 같이 사무실에 틀어박혀 나의 꿈 발표 연습을 했다.

"저저저는 버버번역 일을 하는 사람입니다. 세세세계적인 유명 스스스릴러 작가의 작품을 내내내 손으로 버번역했습니다. 예예예를 들자면…"

마음에 들지 않았다. 솔직해져야 진짜 자신의 꿈을 이야기할 수 있을 듯했다. 이번에는 은밀한 자기 직업을 공개하기로 했다.

"사사사실 저저저저는 새새생명을 다루는 일을 하고 있습니다. 최최대한 시신속하게 처처리하는 게 주주중요합니다. 이이이일종의 고고고수익 저저저비용 저저전문직입니다. 아아앞으로 내내가 바바라고 이있는 거거것은…"

그러자 마음이 편하긴 했지만 걱정이 들었다. 괜한 소란을 피울까 두려웠다. 장은 결국 진짜 자기 직업은 공개 안하는 것으로 했다. 이후 장은 연습에 연습을 거듭했다. 그 와중에 〈킹스 스피치〉 영화를 다운로드해서 몇 번이고 봤다. 장은 자신감이 조금씩 살아나는 것을 느꼈다.

이와 함께 장은 발표력을 높여주는 팁 5가지 가운데 맨 마지막이 효과적임을 뿌듯하게 경험했다. 장이 속으로 구호를 외치자 현격히 말더듬이 고쳐졌다. 하루는 장이 속으로 '엄마!'라고 외치고 나의 꿈 발표 연습을 해보았다.

"저저저는 번역 일을 하는 사람입니다. 주우로 미스터리, 살인사건 소설을 다루고 있습니다. 버번역 일은 육체적으로 힘들지만 보람이 많습니다. 내 꿈은..."

말더듬이 좀 나아졌다. 이번에는 '엄마!'하면서 엄마를 닮은 진하나 아나운서의 얼굴을 떠올렸다. 이로써 구호와 의식을 한꺼번에 했다. 그러자 확연히 나아졌다.

"저어는 10년차 프리랜서 번역가입니다. 주우로 미스터리, 살인 사건 등의 장르소설을 번역해왔습니다. 내 꿈은 앞으로 세계적인 거장의 문학 작품을 직접 내 손으로 번역하는 것입니다. 현재까지는 번역가로서 내 지명도가 약하기 때문에 수준 높은 영미 문학 작품 번역 의뢰가 들어오지 않습니다. 하지만 꿈을 포기 하지 않을 것입니다. 언젠가 내가 번역한 영미 문학책이 서점에 진열될 거라 믿어 의심치 않습니다. 그렇게 해서 세계적인 문학 작품의 향기를 많은 사람들에게 퍼뜨릴 수 있다면 더할 나위없는 영광이라고 생각합니다. 개인적으로 저는..."

말을 마친 장은 놀랐다. 정말 자신이 그 말을 했는지 의심스러웠다. 또다시 '엄마 구호' & '엄마 닮은 진하나 아나운서 얼굴 집중 의식'을 하면서 말했다. 역시나 효과 만점이었다. 한 번도 더듬지 않고 스무스하게 말이 이어졌다. 장은 속으로 쾌재를 불렀다. 이후로 장은 더더욱 자신감을 갖고 연습에 매진했다.

그런 어느 날, 조용하던 텔레그램에 문자 하나가 왔다. 아여린이었다. 그간 아여린과는 문자 한통도 하지 않았다. 그간 아여린이 모텔에서 잘 지내고 있겠지라고 생각하고 있었고, 며칠 후 찾아가려고 했다.

오빠, 오늘 내 집으로 들어왔어. 설마 오빠가 그자식들 박살을 냈는데 무슨 일이야 있겠어? 오빠, 언제 한번 놀러와 ♡

우리의 미스터 장은 화가 났다가 돌연 하트 이모티콘을 보자 심쿵했다. 아여린 말대로 설마 무슨 일이야 있겠어가 설득력을 획득했다. 장은 두근거리면서 답장을 썼다.

설마가 사람 잡는다고 하니까 조심해야해. 혹시 그 자식들이 나타나면 즉시 문자해.
　– 아여린을 마니 생각하는 장이

이렇게 쓰고 나서 그것을 다시 고쳐 쓰고 이런 문자를 보냈다.

설마가 사람 잡는다. 암튼 조심. 그 자식들이 나타나면 즉
시 문자해. # 잔금 결재 잊지말구

이 문자를 한 늦은 저녁이었다. 아여린이 텔레그램으
로 동영상을 하나 보내왔다. 와인 한병을 마신 장은 비몽사
몽간에 동영상을 열어보았다. 걸그룹 연습생 아여린이 댄스
를 하는 동영상이었다.

귀에 익은 걸그룹 댄스곡에 맞춰 네 명의 앳된 여자아이
들이 춤을 췄다. 짧은 핫팬츠에 탱크톱을 입은 여자 아이들
이 한 치 흐트러짐 없이 깔끔한 군무를 췄다. 아여린이 군
무의 중심이었다. 아여린의 춤이 압도적이었다. 춤에 도
취된 듯한 표정이었다. 아여린은 요염한 웃음을 잊지 않았
다. 힘든 동작 속에서도 눈웃음을 지으면서 춤을 췄다. 연
습생 여자 아이들이 한 몸인 듯이 댄스곡에 맞게 척척 손발
을 맞췄다.

곧이어 댄스가 끝났고, 아여린과 여자 아이들 셋이 서
로 뒤엉킨 채로 앉아서 크게 웃음을 터뜨렸다. 행복감에 충
만한 모습이었다. 아여린이 제일 크게 웃음을 터뜨렸다. 그
걸 보고 있자니 장의 마음이 애잔했다. 그녀가 가엾게 여겨

지자 속으로 생각했다.

'아여린은 연습생으로서의 생명이 끝났어. 더 나아가 여자로서의 생명도 끝났는지 모른다. 안마 시술소에서 몸을 파는 그녀에게 미래는 없어.'

어느새 장은 잠에 빠져들었다. 오후 한시 반에 깨어나 보니, 텔레그램에 새벽에 아여린이 보낸 문자가 와 있었다.

> 오빠, 내가 제일 행복했던 연습생 시절에 찍은 동영상 잘 봤어? 나는 그때를 잊으려고 했는데 앞으로 결코 잊지 못할 거 같아. 요즘 나는 매일 같이 우울증 약과 수면제를 먹고 버티고 있어. 어떻게든 살아보려고 하고 있어. 나는 진짜로 개쓰레기 같은 기획사 대표를 처리 해준 오빠가 고마워. 그래서 잔금을 빨리 모아서 주려고 하고 있어. 내가 약속 하나만큼은 무슨 일이 있어도 지키는 체질이거든. 오빠, 근데 요즘 많이 힘들어.

예감이 이상했다. 아여린에게 무슨 일이야, 이따 한번 보자고 문자를 보냈다. 그러곤 외출 준비를 하고 밖으로 나왔다. 사무실에서 아점을 먹으며 아여린에게서 문자를 기다렸지만 응답이 없었다. 전화를 걸어볼까 했다가 그만 두었다. 장은 싱숭생숭했다. 장은 사무실에서 발표 연습을 하면서 시간을 보냈다. 그날은 컨디션이 좋지 않아 피트니스 센터를 걸렀다. 날이 어둑해지자 집으로 돌아왔다.

다음날, 장은 늘 그렇듯이 사무실에 도착해 사건사고 뉴스를 훑어보았다. 예감이 어긋나지 않았다. 홍대역 근처 오피스텔에 거주하는 한 20대 초반의 여성이 목을 매 자살했다는 기사가 떴다. 아여린이 분명했다. 거주지를 볼 때 그랬고 여기다가 YYG 기획사의 걸그룹 연습생 출신이 데뷔를 못한 것에 비관하여 자살했다는 추정 기사를 볼 때 더욱 그랬다.

장은 길게 한숨을 내쉬었다. 새벽에 보낸 아여린의 문자가 유서가 되어버렸다. 아여린은 잔금 지불 약속을 지킨다 했는데 아쉽게도 그렇게 하지 못하고 말았다. 너무나 살아가는 게 고통스러웠던 모양이었다. 지난 새벽에 문자를 받고, 즉각 그녀를 만나지 못한 게 후회스러웠다.

오빠라고 부르는 아여린의 목소리가 들리는 듯했다. 아여린에게 느꼈던 특별한 감정이 되살아났다. 남모를 비밀을 공유한 그녀와 관계를 맺던 날, 그녀에 대한 애틋한 감정이 생겼었다. 그러자 심한 말더듬 증상이 조금 호전되었다. 별스러운 일이었다. 하지만 장은 죽음을 많이 겪어왔다. 쓰레기 인간의 처리를 통해서 말이다.

그래서인지 아여린의 죽음도 오랜 시간 장의 마음을 붙

들지 못했다. 장은 속으로 어린아 좋은 곳으로 잘 가라고 말하고는 침착함을 되찾았다. 그러곤 스마트폰 메모지에 적어둔 'I 잔금 8천'을 삭제해버렸다.

금세 일주일이 지나 압구정 인생역전 스피치학원 강의 날이었다. 한 주간 장은 나의 꿈 발표 연습으로 정신없이 시간을 보냈다. 강의 시간이 가까워오자 다소 긴장이 되었다. 장은 속으로 진하나 아나운서의 만족감을 위해서라면 온몸을 바치리라고 말하면서 스피치학원으로 향했다. 장은 지하철을 타고 몇 분 걸어서 학원에 도착해 강의실에 들어섰다.

강의실 자리는 거의 차 있었다. 쪽머리를 하고 승무원 면접 복장을 한 여대생 한명이 장을 알아보는 듯 밝게 웃으며 목례를 했다. 매너 교육을 대단히 잘 받은 것으로 보였다. 장은 그녀에게 한손을 들어 리액션을 해주었다. 장은 지나가면서 자신이 항공사 면접관이라면 저 여대생은 합격 점수를 줄 텐데라고 생각했다.

맨 끝자리에 도착한 장은 의자를 빼 앉았다. 뒤에서 앞으로 보니 수트 입은 직장인들, 승무원 면접 준비 여대생들, 남자 대학생들 그리고 외국물 먹은 건방 끼 풍부한 머슴아가 보였다. 장은 고개를 책상으로 내려 시선을 고정했다.

이윽고 환한 미소를 머금은 진하나 아나운서가 강의실

에 들어와 교탁 앞에 섰다. 그러곤 수강생 한명 한명과 눈 맞춤을 한후 입을 열었다.

"오늘은 먼저 세분이 앞으로 나와서 나의 꿈 발표 시간을 갖겠습니다. 지난 강의 시간에 알려 준 5가지 팁을 잘 활용해서 발표를 해보세요. 많은 효과가 나타날 거라 봅니다. 이 발표를 끝내고 나서 오늘 강의에 들어가겠습니다. 오늘 배울 것은 제스처입니다. 말을 잘 하려면 손동작도 잘 해야 합니다. 자세한 건 세 분의 발표 후에 강의하기로 하죠. 그러면 지금부터 세 분이 차례대로 발표를 하겠습니다. 먼저 누가 하실래요?"

장이 고개를 푹 숙였다. 정적이 감돌았다. 그러자 진하나 아나운서가 사회 경험 많은 분이 먼저 테이프를 끊어 주시는 게 어떨까요? 라고 말하고 나서, 장덕구 선생님 괜으시죠? 라고 했다. 장이 고개를 들어 진하나를 바라보았다. 엄마의 인상이 배어나는 진하나의 얼굴이 보였고, 장은 차마 그녀의 권유를 거역할 수 없었다.

장이 고개를 끄덕이고 나서 앞으로 나왔다. 장이 준비한 종이 한 장을 들고 교탁 앞에 섰다. 진하나 아나운서가 한 손을 불끈 쥐고는 "아자"하는 메시지를 전해주었다. 장은 엄마의 포근한 격려를 느꼈다. 장이 속으로 '엄마!' 구호와 함께 엄마 닮은 진하나 아나운서의 얼굴에 집중하는 의식을 하고 나서 천천히 입을 열었다.

"저저...."

더듬거렸다. 용기를 내서 말을 이어갔다.

"....는 프리랜서 번역가입니다. 주로 미스터리, 살인 사건 등의 장르소설을 번역해왔습니다. 내 꿈은 앞으로 세계적인 거장의 문학 작품을 직접 내 손으로 번역하는 것입니다. 현재까지는 번역가로서 내 지명도가 약하기 때문에 수준 높은 영미 문학 작품 번역 의뢰가 들어오지 않습니다. 하지만 꿈을 포기하지 않을 것입니다. 모 번역가의 경우에도... 언젠가 내가 번역한 영미 문학책이 서점에 진열될 거라 믿어 의심치 않습니다. 그렇게 해서 세계적인 문학 작품의 향기를 많은 사람들에게 퍼뜨릴 수 있다면 더할 나위없는 영광이라고 생각합니다....

개인적으로 꼭 번역하고 싶은 작가는 헤밍웨이입니다. 그의 유명한 「노인과 바다」를 꼭 번역해보고 싶습니다. 현재 틈틈이 그의 영문 책을 보면서 어떻게 하면 원작의 숨결을 잘 살릴지 고민하고 있습니다. 머지않은 시간, 내가 번역한 헤밍웨이의 책이 여러분의 손에 들려있을 것입니다."

중저음 목소리로 나의 꿈이 발표가 끝났다. 그러자 진하나 아나운서가 박수를 쳤고, 수강생들이 따라서 박수를 쳤다. 진하나의 표정은 마치 엄마가 기특한 자식을 보는 듯했다. 장은 온몸이 후끈거렸다.

곧이어 앞자리에 앉아 있던 진하나 아나운서가 앞으로 나왔다.

"대단하세요. 일주일 만에 말더듬이 거의 사라졌네요. 더욱이 선생님의 목소리가 너무 좋아서 그런지 발표에 대한 몰입도가 높았습니다. 마치 유명한 아나운서의 발표를 듣는 것 같았어요. 더 연습을 하시면 틀림없이 말더듬을 고칠 수 있을 거예요. 꼭 멋진 말솜씨로 인생역전을 이루실거에요."

장이 기분이 좋아져서 자리로 돌아왔다. 그 뒤를 이어 중년 남성 한분과 스튜어디스 지망생 한명이 발표를 이어갔다. 그들의 말에 잘 집중이 되지 않았다. 마음이 붕 떠 있기 때문이었다. 장 스스로도 놀라웠다. 혼자 연습할 때처럼 실제로 많은 사람들 앞에서 거의 더듬지 않고 말을 한 것이다. 참으로 신기했다.

불현듯 접때의 꿈이 떠올랐다. 한복을 입은 진하나 아나운서가 원하는 것을 이룰 수 있으며, 그를 괴롭히는 문제가 다 해결 되니 꼭 엄마를 찾아오라는 꿈. 꿈이 실현되는 건가?

이윽고, 두 명의 발표가 끝났다. 총평을 한 후 진하나 아나운서가 말하기에서 유념할 점을 마지막으로 코멘트 해주었다. 그 뒤로 제스처 강의가 이어졌다.

"전 미국 대통령 오바마가 명 연설가로 유명한데 단지 목소리 좋고 언변이 좋기 때문만이 아니에요. 오바마는 말을 할 때 적절한 손동작을 함으로써 표현력을 최고도로 끌어올린답니다. 이는 현재 미국 대통령 트럼프도 마찬가지에요. 그는 엄지와 검지를 맞대는 특유의 손짓으로 유명하죠. 이런 제스처를 통해 자신의 말에 강조하는 것은 물론 카리스마 넘치는 자신의 이미지를 표출하고 있죠. 그렇기 때문에 말을 잘하기 위해서는 제스처를 익혀야합니다. 그러면 이번에 알려드릴 것은..."

그날따라 진하나 아나운서의 손짓이 예사롭지 않게 보였다. 두 팔을 가만히 내려뜨리지 않고, 말하는 내용에 따라 손짓을 했다. 하지만 강의에 집중이 되지 않았다. 자신이 대중 앞에서 말을 거의 더듬지 않고 발표할 수 있었다는 사실에 흥분이 되었기 때문이다.

그날 흥분되는 일이 또 있었다. 귀가하고 있을 때 긴 문자 하나가 왔는데 열어보니 진하나 아나운서가 보낸 거였다. 내용인 즉슨 이러했다.

오늘 수고 많으셨어요. 이렇게까지 잘해주실지 몰랐는데 선생님이 많이 연습을 했기 때문에 좋은 결과가 나왔다고 봐요. 저도 뿌듯합니다. 더욱이 선생님은 원래 중저음 목소리를 갖고 있는데 거기다가 말이 매끄럽게 나오니까 너무 좋은 거예요. 아나운서인 내가 봐도 너무 멋집니다. 참, 다음 주 강의가 끝나면 수강생들과 뒤풀이를 할까하는데 선생님이 참석해주실 수 있겠어요? 바쁘시더라도 그날은 꼭 참석해주시면 고맙겠습니다. 다른 분들과 편하게 많은 대화를 나누는 시간을 가졌으면 좋겠네요.^^

마지막 청부 살인 의뢰

　미스터 장의 말더듬은 날이 갈수록 많이 고쳐졌다. 압구
정 인생역전 스피치학원에서의 나의 꿈 발표와 진하나 아나
운서로부터의 칭찬 이후에 더욱 그렇다. 장은 매일 같이 집
에서나 사무실에서나 보행 중에나 항상 혼잣말을 하곤 했
다. 확연히 말을 더듬는 횟수가 줄어들었다. 신경을 써서 엄
마 구호와 엄마 닮은 진하나 아나운서의 얼굴에 집중하는 의
식을 할 때면, 말더듬는 증상이 거의 나타나지 않았다. 매끄
럽게 술술 말이 흘러나왔다.

　그러자 장은 일부러 오다가자 부딪히는 사람들과 말하
는 재미에 빠지기 시작했다. 가령, 점심시간 지나서 사무실
에 오는 도중에 들르는 편의점에서는 아르바이트 여대생에
게 일부러 말을 걸었다. 예전에는 그 알바 여대생에게 딱딱
하게 이랬다.

　"여여여기."

"서서서서울 우유."

"어어얼마?"

그랬던 그가 작업으로 오인 받을 수 있는 멘트를 자주 날렸다.

"날씨가 좋습니다."

"알바하나 봅니다."

"공부 잘하게 생기셨습니다."

알바생은 상대가 단골인 관계로 활짝 웃으며 대응해주었다. 사무실 여실장에게도 그랬다. 예전에는 목례만 하고 안으로 들어갔다. 요즘에는 이렇게 달라졌다.

"좋은 아침입니다."

사무실을 공유하는 다른 사람들에게도 그랬다. 복합기 앞에서, 화장실에서 누군가 먼저 하세요 하면 전에는 고개만 끄덕였지만, 이제는 먼저 해도 되겠습니까? 라고 말을 했다.

이렇게 말하기에 쏠쏠한 재미가 붙은 장은 전화를 할 때도 말하기의 재미를 추구했다. 두 가지의 경우가 있다.

하나는 모르는 사람이 일방적으로 전화를 해올 때다. 한 지방의 아파트 분양을 알리는 텔레마케터 혹은 신형 스마트폰 할인 행사를 알리는 텔레마케터가 전화할 때다. 예전에는 받자마자 아무 소리를 내지 않고 툭 끊었다. 이제는 달라졌다.

"얼마입니까? 분양이 잘 되십니까?"

"스마트폰 성능이 좋습니까? 최대 어느 정도 할인이 됩니까?"

그러다가 텔레마케터에게 "실례지만 어디에 사십니까?", "혹시 성이 장이십니까?" 라는 사적인 질문과 함께 "목소리가 참 좋습니다."라는 멘트를 아끼지 않았다.

다른 하나는 자신이 누군가에게 볼일로 전화를 할 때다. 컴퓨터 원격 에이에스 기술자와 국민건강보험 마포지사 상담원과 통화할 때다. 예전에는 떠듬거리는 말투를 노출하는 게 싫어 일부러 화난 척 하면서 최소한의 말을 했다. 이제는 묻지 않은 말을 할뿐만 아니라 묻는 말에는 다양한 상황을 열거하면서 어떤 답을 원하십니까? 라고 반문했고, 괜찮으시면 모든 상황에 대해 답변을 해드릴 수 있습니다라고 천연덕스럽게 말하기도 했다. 그러면 상대는 말 많은 사람에게 걸렸구나라고 생각할 수밖에 없었다. 이런 사실도 모른 채, 장은 십여 분 간 많은 말을 쏟아냈고, 그리고 통화를 끝낼 때는 수고했습니다라는 멘트를 잊지 않았다.

이제 장은 예전의 장이 아니었다. 말 잘하고, 말하기 좋아하는 사십대 초반의 남성(혹은 노총각)의 이미지가 사람들에게 각인되고 있었다. 다만 그의 말투에는 딱딱함이 묻어

나는 게 흠이라면 흠이었다. 우리의 프로페셔널 장은 감정이 없는 딱딱한 목소리로 "~입(습)니다.", "~입(습, 됩)니까?"라는 끝말을 입에 달고 다녔다. 이는 오랜 특공대 생활을 마친 군인이 이제 막 사회생활을 할 때의 딱딱한 말투를 연상시켰다.

따라서 상대가 좋은 느낌을 받을 리 만무했다. 아무리 말하기 좋아하고 말을 많이 하려고 해도 상대가 거부감을 느낄 여지가 있었다. 그에게 필요한 점은 온화한 말투로 이렇게 끝말을 하는 거였다.

"(인상이 참 좋아 보이)네요~"

"(좋은 아침)이예요~"

"(차 한잔 하)실래요옹~"

안타깝게도 장은 그런 것까지 생각하지 못했다. 말이 더듬지 않고 술술 터져 나오는 것에 크게 만족하고 있었다. 그것만으로 만사 오케이로 생각했다. 그와 함께 자신의 말솜씨를 더 끌어올리기 위해 제스처에도 많은 연습 시간을 바쳤다. 말할 때의 제스처는 이외로 빨리 몸에 익숙해졌다. 워낙에 손의 반사 능력이 뛰어난데다가 의식적으로 손짓을 하려고 하자 곧바로 적절한 제스처가 나왔다. 장은 집에서, 사무실에서 거울을 보면서 손짓 연습을 꾸준히 했다.

그런 와중에 장의 심중에 예기치 않는 변화가 찾아오기 시작했다. 장의 마음은 줄곧 날카로운 칼 같은 서늘함으로 가득 찼었다. 그렇지 않고서야 어떻게 눈썹 하나 까딱하지 않고 인간쓰레기 처리를 할수 있겠는가? 그랬다. 장은 냉혈한이었다.

그는 말 때문에 심한 스트레스를 받아 왔고, 말더듬으로 인해 극도로 타인과의 소통을 꺼려해 왔으며, 그래서 원활하게 말 잘하는 일반 사람들을 한 덩어리로 놓고 그것과 자신을 물과 기름의 관계로 보았다. 장은 자신을 물 위를 동동 떠다니는 기름 덩어리로 인식했다. 기름 덩어리는 자신과 한데 섞이지 않는 물을 좋게 볼 리 만무했다. 그랬다. 장은 이 나라의 구조와 기득권층을 삐딱하게 바라보았다.

이런 데에는 그의 불우한 가정과 그를 버린 엄마도 한몫했다. 그는 큰 고민 없이 더 나은 세상을 위해, 기꺼이 한 몸 바쳐 '사회 미화'를 할 요량으로 인간쓰레기 처리에 나섰다. 단, 수고비를 받는 조건으로. 그런데 이상하게 요즘 그의 '냉혈'에 '온기'가 돌기 시작했다.

정말, 그랬다. 요즘은 지속적으로 온기가 이어졌다. 진하나 아나운서의 압구정 인생역전 스피치학원을 다니면서부터 그랬다. 장은 곰곰이 생각을 거듭해보다가 결론에 다다랐다.

'말을 잘하면서 그렇구나. 말더듬이 사라지면서부터 서서히 내 마음에 온기가 생기기 시작했어.'

온기가 생기는 것과 함께 장의 성격에 변화가 찾아왔다. 장은 매사에 부정적이고, 배타적이었는데 요즘은 긍정적이고, 수용적이 되어 가고 있었다. 말을 정상적으로 하면서 생긴 온기가 냉혈한 킬러의 인간성을 서서히 변모시키고 있었다. 정부가 소득주도에 앞장섰을 때, 장은 이렇게 속으로 비꼬았다.

'느그네는 주식에 부동산 재테크해서 배따시게 처먹고, 서민들 잘 먹고 잘 살게 해주겠다? 날강도의 말을 믿겠다!'

한 전도사가 앞에 나타나서 교회 나오라고 하면 이렇게 비꼬았다.

'예수의 고향을 봐라. 지금도 피 튀기며 총질을 하고 있잖소. 그러고도 예수 믿고 천당 가란 말이 나오냐?'

또한 누군가 장에게 친절을 베풀면 이렇게 비꼬았다.

'뭐야, 언제 봤다고 나에게 친절? 혹시 보험설계사 or 상조설계사? 아님 자가용 세일즈맨? 그것도 아님 이윤고 돈 좀 빌려주세요? 더럽다. 퉤퉤.'

이랬던 그의 속엣말이 이렇게 각각 변했다.

'암, 서민들이 잘 먹고 잘 살아야 경제의 기초가 튼튼해지

고 국가 경제가 살아나는 것이지.'

　– 정부의 소득주도성장에 대해

'그나마 세상이 더 나빠지지 않는 건 예수님 때문이겠
지. 그 양반이 있기에 망정이지 없었다면 벌써 지구가 두
세 조각이 났을 것이야.'

　– 한 전도사의 전도에 대해

'참 인품이 좋으신 분이다. 이런 사람이 많아질수록 '사
회 미화'가 이룩되는 것이지. 나도 이분을 본받아야 빨리빨
리 인간쓰레기를 처리해 20억을 모아야겠다.'

　– 친절을 베푼 누군가에 대해

장은 자신의 성격 변화를 거부하지 않았다. 그 좋은 걸 회
피해야할 이유를 찾지 못했다. 예전과 다르게 하루하루
가 더 싱싱하고 향기로워지는 느낌을 받았다. 이와 함께 자
신도 모르게 휘파람을 불고, 가곡과 흘러간 노래를 부르
는 일이 많아졌다.

하지만 그가 성격 변화가 문제가 된다는 걸 깨닫는 데
는 많은 시간이 걸리지 않았다. 언제나 그렇듯 장이 늦게 일

어난 어느 날. 그의 스마트폰에 문자가 와있었다. 마포흥신소 사장 용필이가 보낸 거였다. 그러고 보니 그의 문자를 안 받은 지도 꽤 시간이 흐른 듯했다. 오랜만에 온 문자는 보나마나 의뢰일 가능성이 높았다. 문자를 열어봤다.

큰 건 하나 의뢰할게. 문자 줘.

역시 의뢰 건이었다. 장이 답장을 보냈다.

마포왕갈비에서 오늘 여섯시에 보자.

시간이 흘러 삼십분 전 여섯시가 되자, 장이 그곳으로 출발했다. 막상 그곳에 도착해보니 10분 일찍 도착했다. 평소에는 이런 일이 있을 수 없었다. 시간이 남을 경우 밖에서 배회하고 나서 나타나 시간에 맞췄다. 약속 시간에, 약속 장소에서 장이 누군가를 기다리게 하는 일은 있어도 누군가를 기다린다는 건 좀 어색한 일이었다. 만약 장이 누군가를 기다린다면 필시 처리해야 쓰레기 인간이 분명했다. 하나 오늘은 어떻게 된 일인지, 일찍 나와 용필이를 기다렸다.

처음엔 장이 신경질적으로 미간을 찌푸렸지만 이내 편안한 상태가 되었다. 기다리는 동안 스마트폰을 들고 만지

작거렸다. 어느덧 약속 시간이 3분 지났다. 벽시계가 똑똑히 용필이가 감히 3분 분량의 무례함을 저질렀음을 보여주었다. 장의 호흡이 다소 거칠어졌다. 이윽고 3분 30초가 되자 용필이가 문을 열고 나타나면서 한손을 흔들었다.

"장, 벌써 왔네. 씨발. 다 왔는데 차가 막혀가지고 좀 늦었어."

"…"

용필이가 장의 눈치를 살펴보았다.

"아따 미안하다구, 친구야. 3분 늦어버렸네. 앞으로는 이런 좆같은 일 절대 없을 거야. 약속한다."

이외로 장이 평온한 표정으로 그에게 메뉴판을 건네며 입을 열었다.

"오늘은 내가 쏠게. 먹고 싶은 거 골라. 난 냉면."

그 말을 들은 용필이는 잘못들은 게 아닌지 깜짝 놀랐다.

'이 방에 다른 사람이 숨어있나?'

이런 생각마저 들었다. 방 안에는 단둘이었다. 섹시한 중저음 목소리로 나긋하게 이어진 말은 분명 장의 입구멍에서 나왔다! 용필이가 두 눈을 크게 떴다.

"와, 어떻게 된 일이냐? 씨발, 너 말더듬이 없어졌네. 완전 말 잘한대이."

장이 눈짓으로 메뉴판을 가리키자, 용필이가 제일 비

싼 메뉴 '울트라 특왕갈비탕'을 선택했다. 그러곤 용필이가 서비스로 주문은 내가 한다면서 호출 버튼을 눌러 주문을 했다. 용필이가 멀뚱멀뚱 장을 바라보았다. 머리 헤어스타일, 복장, 손 등을 꼼꼼하게 보았다. 평소와 다를 바 없었다.

"신기하다. 친구야. 씨발, 너 이제 완전 정상으로 돌아왔나 보다. 앞으로 네가 능통하게 말을 하면서 비즈니스를 한다면 더 많은 돈을 벌 수 있겠다."

장이 배시시 웃으며 입을 열었다.

"짜아식 결국 돈 얘기로 돌아가네. 난 크게 돈 욕심 없다. 목표한 돈만 벌면 미련 없이 이 일에서 손을 뗄 거다."

점점 더 용필이는 어안이 벙벙했다. 장이 말만 잘하는 사람으로 변한 게 아니라 인간성마저 신사로 변한 듯해서다. 실로 놀라서 뒤로 자빠질 일이었다. 그새 주문한 울트라 특왕갈비탕과 냉면이 식탁 위에 올려졌다. 용필이는 우선적으로 입에 갈비를 우겨넣었다.

그러곤 입을 오물거리면서 소리를 냈다.

"설마, 몹쓸 병에 걸린 건 아니지? 그렇지 않았음 한다. 우리 비즈니스를 위해서 말이야."

이윽고 울트라 특왕갈비탕을 다 접수하고 나자, 용필이가 입을 열었다.

"요즘 흥신소에 의뢰 전화가 거의 없다. 전화가 와봤댔자, 불륜 남편 & 아내 미행, 가출 자녀 귀가시키기, 잠적한 채무자 행방 추적, 애완동물 찾아주기 같은 잡스런 일이 다야. 좆같이. 이런 걸로는 돈 몇 푼 안 되지. 아그들 두 명 알바비를 주고, 사무실 월세를 내고 나면 남는 게 별로 없어. 더구나 요즘 아그들이 어디서 들은 건 있어가지고 최저 시급을 들먹이는데 이래가지고서야 내가 먹구 살수 있겠냐구? 차라리 내가 알바를 뛰겠다. 그나마 자네가 큰 거 의뢰를 받아줘서 그 소개비로 내가 간당간당하게 먹고 살고 있는 거야."

용필이가 이쑤시개로 어금니를 후비고 나서 말을 이었다.

"씨발, 쥐구멍에도 볕 뜰 날이 있다는 말이 있잖아. ..... 오랜만에 큰 거 하나들어 왔다. 이거 한방이면 너도 원하는 대로 더 이 일을 안 해도 될지 모르겠다. 나도 몇 년 간 배따시게 지낼 수 있고 말이다."

장이 냉면 국물을 다 들이키고 나서 용필이의 눈을 응시했다.

"좋아. 사무실 가서 더 얘기 하자."

"오케이, 친구야."

십여 분 후, 사무실에서 두 사람이 탁자를 앞에 두고 앉았다. 용필이가 조직의 보스 같이 거만한 포즈를 취하면서 길게 담배 연기를 내쉬었고, 그 앞에서 장은 다리를 꼰 채 얌전한 자세로 앉았다. 장이 다리를 꼬지만 않았다면, 제3자가 볼 경우 장을 조직의 아그로 오인할 게 뻔했다. 용필이가 반쯤 피운 담배를 재떨이에 비벼서 껐다.

그러곤 여느 때와 달리 조심스럽게 입을 열었다.

"이번 건은 5억인데, 소개비 20% 빼고 실 수령액은 4억이야. 착수금은 1억이구말이야. 근데 처리할 쓰레기 인간이 보통이 아니야. 4선 국회의원 변희태이야. 그래서 의뢰비가 높았던 거였어. 아 씨발, 그 국회의원이 수행 여비서를 수차례 강간을 했다고 하데. 좆같이."

그러면서 이어지는 말은 이랬다. 그 수행 여비서가 은밀히 모 공중파 방송사에 찾아가 그 국회의원의 성폭력을 제보했단다. 그런데 방송사에서 그걸 국회의원에게 알려주는 배려심을 아끼지 않았다. 그 국회의원은 현 여당의 차기 유력 대통령 후보였기 때문이다. 따라서 그 국회의원의 입김이 작용하여 그 제보는 방송에 나가지 못했다. 여성 비서는 다른 방송사에도 문을 두드려보았지만 이미 그녀에 대한 소문이 쫙 돌았고, 방송사 데스크에서 방송 불허 방침이 나왔다. 유력 일간지도 마찬가지였다.

그러자 극도로 패닉 상태가 된 그녀는 다른 언론사를 찾을 생각도 하지 못한 채, 유서를 남기고 수면제를 과다 복용해 자살시도를 했다. 다행히 목숨을 건졌다. 두 눈을 멀뚱멀뚱 뜨면서 TV에 나온, 차기 유력 대통령 후보인 그 국회의원의 웃는 얼굴을 바라보았다.

그는 여성의집에서 봉사를 하고 있었다. 그곳에 거주하는 여성들과 악수를 하고 있었는데, 그에게 방송국 기자가 다가갔다. 마이크가 그의 입에 바짝 붙여지자 기다렸다는 듯이 말을 토해냈다. 저는 연약한 여성을 보호하는 나라를 만들겠습니다. 약자를 대변하는 정치인으로서 약자가 주인이 되는 나라를 만들겠습니다. 저는 가난한 집안의 자식으로 태어나 누구보다 약자의 설움을 잘 알고 있습니다. 저 변희태는 특권층을 옹호하는 적폐 세력을 청산하고, 국민 모두가 행복한 나라를 만드는 데 앞장서겠습니다. 그는 침을 튀기며 거침없이 연설조의 말을 쏟아냈다.

성폭력을 당한 여성 비서는 그 국회의원의 위선에 분을 참지 못해 기절하고 말았다. 깨어난 후, 결심했다. 범죄자에게 정당한 방법이 아닌, 부당한 방법으로 복수하기로. 여러 가지 복수 방안을 찾아보았지만 연약한 여성으로는 감당이 되지 않았다.

그러다가 흥신소, 심부름센터의 광고를 접했다. 각종 고민을 해결해드립니다, 어떤 심부름이든 해드립니다, 어려운 일과 사건 사고 해결... 혹시나 하는 마음으로 여러 곳에 전화를 하다가 용필이의 마포흥신소와 연락이 닿았다. 그녀가 전화로 대뜸 청부살인 운운하기에 용필이는 장난 전화로 생각했다. 하지만 흐느끼면서 털어놓는 그녀의 말이 이어지기에 용필이는 그녀에게 마포흥신소에서 보자고 말했다.

전화를 한 다음 날, 미모의 여성비서가 마포흥신소에 나타났다. 이런 곳과는 어울리지 않을 그녀였다. 그녀는 이 나라에서는 그자를 교도소로 보내는 것이 불가능하다고 말했다. 만약 그게 가능하더라도 이제는 그것으로 만족하기 싫다고 했다. 자살 시도를 통해 죽음의 목전에 갔던 그녀는 과감하게 그에게 죽음을 경험하게 만들겠다고 했다.

그녀의 이야기를 들은 마포흥신소 사장 용필이는 촉이 왔다. 이 고객은 분명히 청부살인 요청 의지를 갖고 내방했다고 판단했다. 그러자 용필이는 요즘 뉴스에 떠들썩했던 모 유명인의 사고사가 실은 자기네가 은밀히 작업한 것이라고 실적을 오픈했다. 이 이야기를 들은 복수심 가득한 여성 비서는 처음엔 놀라는 눈치였지만, 이내 그러면 자신이 잘 찾아왔다라고 침착하게 말했다. 그러곤 그자가 당당하게 살아가는 이 세상에서 자신은 단 1초도 살아갈 이유가 없다며, 5억이라는 거액의 의뢰비를 제시했다.

그녀는 수행 비서를 하기 전 7년 동안 대기업 홍보부에 근무했기에 큰 어려움 없이 시가 3억 대의 아파트를 대출받아 구입해 현재까지 살고 있었다. 현재 아파트 시가가 5억대가 된다고 했다. 그것을 판 돈을 의뢰비로 주겠다고 했다. 그녀는 끝으로 이런 말을 했단다.

"법은 강자를 위해 있어요. 우리 같은 약자를 대변해주지 않는다구요. 더 이상 법의 심판으로 그런 악질 강간범을 처단하는 걸 기대할 수 없어요. 범죄에는 범죄로 본때를 보여줘야 한다구요. 그래야 성폭력 범죄가 줄어들겠죠. 그리고 법원도 경각심을 갖고 그가 누군지에 관계없이 엄정하게 성폭력자를 단죄할 거예요. 저는 그를 죽여 버리는 게 소원입니다. 제발, 그놈을 죽여주세요."

다 듣고 난 장은 입맛을 다시면서 말했다.

"개쓰레기 같은 놈이군."

"그렇지, 좆같은 놈이야. 내가 왕년의 실력만 유지됐어도 벌써 작업에 들어가고도 남지. 요즘 내가 예전의 체력이 아니야. 아무래도 나보다는 자네가 제격이지. 씨발, 안 그래? 아 참, 의뢰인 말로는 자기 말고도 그 새끼에게 농락당한 여성이 더 있을 거라 했어. 그리고 그 작자는 변태 짓을 일삼는다고 하더라구. 회초리로 때린다든지, 꼬집거나, 목을 조르는 행동을 한다고 했어. 잘 참고하라구."

다른 때 같으면 오케이가 금방 나올 의뢰였다. 의뢰비도 최고 등급이었으며, 쓰레기 등급도 최고였기 때문이다. 그런데 접때 S건설 회장 건처럼 이번에도 망설임이 생겨났다.

이번에는 더 심했다. 접때는 비밀 공유를 한 아여린 때문이었고, 지금은 말더듬이 치유가 되었기 때문이라는 깨달음이 뒤를 이었다. 장은 더 이상 프로답지 않게 우물쭈물하는 모습을 보이기 싫어 일부러 하겠노라 말을 뱉었다. 그 목소리에는 미약한 떨림이 느껴졌다.

"오케이ー 착수금 입금되면 착수고. 그 자에 대한 자료를 텔레그램으로 보내줘."

9

말더듬을 치유한 청부살인업자

사무실에서 장은 통장 계좌의 잔금을 확인해보았다. 1,630,000,000이 나타났다. 이번 의뢰건만 진행하면 4억원이 들어오기로 되어있다. 이로써 목표 액수를 채우게 되었다.

장은 수년 동안 여남은 명의 인간쓰레기를 처리하면서 돈을 모아왔다. 처음 이 일을 시작할 때는 금방 20억을 채울 수 있을 것 같았다. 인간쓰레기 처리를 하는 비용이 적어도 수억대는 될 것이고, 그런 의뢰는 암암리에 많이 있을 것이라고 보았다.

실제는 그렇지 않았다. 인간쓰레기 처리 비용이 많이 떨어져 있었다. 조폭 출신 조선족이 싼값에 의뢰를 받아주었기 때문이다. 용필이의 말에 따르면, 이 사실은 경찰청 특수 수사대 형사들과 일부 조폭과 조폭 출신 흥신소 사장 자신만 알고 있다고 했다. 간간이 뉴스에 보도되는 인간쓰레기 및 선량한 사람의 행방불명과 의문의 자살, 사고사 상당 수는 그네들이 처리한 것이라고 했다.

그네들은 기술이 좋았다. 행방불명의 경우, 대상을 처리한 다음 깊은 산속의 땅속에 파묻거나, 처리 대상을 집어 넣은 드럼통에 생 콘크리트를 부어서 굳힌 다음 서해 바다에 처넣어버린다고 했다. 의문스러운 자살의 경우, 처리 대상을 기절시켜 자가용에 넣은 후 번개탄을 피우거나, 건물 옥상에서 밑으로 떨어뜨리거나, 나무에 목을 매다는 수법을 썼다. 처리 대상에게 유서를 써놓게 하는 건 필수고 말이다. 사고사의 경우, 횡단보도를 건너는 처리 대상을 트럭으로 받아버리거나, 잠자는 처리 대상의 집에 누전 화재를 내어 태워버렸다. 그네들과 장이 다른 점은 그네들의 비용이 저렴하다는 것과 처리 대상으로 물불(선량한 사람과 쓰레기 인간)을 가리지 않는다는 것이다.

장은 내수 시장의 가격 안정화를 위해서 제발 국내 '처리 기술자'를 애용해주길 시간이 날 때마다 속으로 바랐다. 가격 안정화가 되면 장이 하루빨리 목표 금액 20억을 채울 수 있었다. 애석하게도 사정이 좋지 않아서 20억을 채우는데 현재까지 6년의 시간이 지나고 말았다.

수년 전에는 재벌급, 수천억 부동산 자산가급으로부터 처리 의뢰 몇 건만 받아서 진행하면 단박에 20억을 벌수 있지 않을까 생각했었다. 한데 그게 쉬운 일이 아니었다. 재벌급, 부동산 투자가급들이 특히 깍쟁이였다. 마포흥신소 용필이의 말에 따르면 한국 경제가 안 좋다, 유동성 위기가 심하다, 만기 어음 때문에 속이 탄다, 부동산 가격이 하락했다면서 조선족 싸고 솜씨 좋다는데~ 라는 말을 흘린다고 했다. 그래서 보통 1억 원대(소개비 10% 포함)에 처리 의뢰 용역을 수주할 수밖에 없었다.

장의 머릿속으로 그간 해왔던 쓰레기 처리 용역들이 빠르게 스쳐 지났다. 무엇보다 첫 의뢰를 잊을 수 없다. 쓰레기 처리 대상은 상습 가정폭력 남편이었다. 의뢰인은 부인이었다. 용필이의 말에 따르면, 챙이 넓은 모자를 푹 눌러쓴 채 방문한 그 중년 여성의 몰골이 말이 아니라고 했다. 두 눈이 퉁퉁 부었고 시퍼렇게 멍든 자국이 얼굴, 목, 손등에 남아 있었다고 했다. 그녀가 청부살인을 결심한 결정적인 원인은 남편에 의해 두 딸이 성적 학대를 당했기 때문이라고 했다. 남편은 검사였다. 이 이야기를 접한 장은 지체 없이 의뢰를 받아들였다. 그자는 만취한 채로 자가용과 함께 한강 속으로 빠져 죽었다. 음주 운전으로 인한 사고사로 기사가 나왔다.

또 기억나는 건 강남 조폭 두목 처리 건이다. 그는 강남역 일대 호텔, 룸살롱, 클럽, 노래방, 주점, 노점 등으로부터 매년 수십 억대를 갈취해왔는데 그의 조직원들이 돈을 못 내겠다는 룸살롱 사장을 반신불구로 만들었다. 이 소식을 접한 인근 룸살롱 사장들이 분통을 터뜨렸는데, 룸살롱 사장들 중 한명이 마포흥신소 사장 용필이와 핫라인을 가지고 있었다. 흥신소의 매상 저조를 걱정하던 용필이가 특별히 룸살롱 사장 지인에게만 청부 살인까지 해줄 수 있으며, 엄청난 실력자가 쥐도 새도 모르게 처리해주니 VIP 고객을 소개해달라고 했었다. 그래서 그 지인 룸살롱 사장이 다른 룸살롱 사장과 함께 마포흥신소에 강남 조폭 처리를 의뢰해왔다.

그들의 말에 따르면 문제가 매우 심각했다. 조폭 두목이 야쿠자와 손을 잡고, 필로폰 국내 밀수를 시작했다는 거였다. 벌써 업소 여성들 중심으로 필로폰이 유행하고 있다고 했다. 그런데 돈 먹은 경찰이 모른 채하고 있다고 했다.

이 이야기를 접한 장은 애국심이 발동했고, 그 야쿠자 앞잡이를 호텔 욕실에서 감전사시켰다. 그는 뽕에 취한 채 자빠져 있었는데 그의 옷을 벗긴 후 욕조에 넣었고, 그 다음 콘센트에 플러그를 꽂은 전기면도기를 욕조에 넣었다. 더러운 고기구이 냄새가 피어올랐다.

그 외에도 떠오르는 게 여럿 있었다. 노파 신도의 십 억대 땅 문서를 갈취한 모 주지 스님(이자의 금고에 수백 억대의 금궤, 부동산 문서가 보관되어 있었다!), 의료 사고를 낸 환자를 식물인간으로 만들고서 나 몰라라 하는 성형외과 의사(동종 전과가 있었다) 등이다. 이를 구차하게 소상히 밝힐 필요가 있을까? 중요한 건 시간이 금세 흘렀고, 이제 딱 한건만 하면 모두 끝이라는 점이다.

이때 스마트폰이 울렸다. 확인해보니, 1억이 입금되었다. 이윽고 텔레그램이 진동해서 열어보니, 글과 사진이 왔다.

좆같은 변희태를 미행해봤는데 항상 경호원, 비서들과 함께 동행하더라고. 근데 일주일에 한두 번 늦은 시간이나 새벽에 혼자 다닐 때가 있어. 신논현 르네상스오피스텔에 혼자 차를 몰고 드나들던데 뭔가 구린내가 나. 씨발.

글 밑으로 그의 사진이 여러 장 이어졌다. 지하 주차장에서 나와 오피스텔 엘리베이터 안으로 들어가는 모습이었다. 60대 후반의 나이에, 마른 체형, 약간 배가 나온 남성이었다. 그는 선글라스를 끼고 중절모를 푹 눌러썼다. 멀쩡한 4선 국회의원, 유력한 차기 대통령 후보께서 이런 행보를 보이는 게 수상쩍었다. 장은 용필이에게 답장을 보냈다.

작업 시점은 조만간 알려줄게.

인터넷으로 검색을 해봤다. 수원시 국회의원으로 나왔다. 그의 홈피에 들어가서 약력을 훑어봤다. 그는 홀어머니 밑에서 자라나 고학을 했으며, 어렵사리 대학에 진학해 사법고시에 붙어 변호사가 되었단다. 어려운 환경에서 살아온 자신은 약자의 편에 서기 위해 인권 변호사의 길을 걸어왔단다. 현재, 고아원 양로원 등에 자주 찾아가 봉사활동을 하고 있단다. 마지막으로 자신은 대한민국을 성실하게 땀 흘린 사람이 대접받는 나라로 바꾸고 싶다고 했다. 장은 식상한 스토리와 가식적인 포부가 마음에 들지 않았다.

장의 촉으로 볼 때, 특히 이런 역경 극복 스토리를 전면에 내세우고 정치인으로 나서서 약자를 대변하겠다는 자들 중에 적지 않은 이들이 사기꾼일 가능성이 농후했다. 이미 그들은 전문직으로서 약자와 달리 부면 부, 명예면 명예 뭣하나 부러울 게 없이 살아왔다. 게다가 금배지까지 달아 권력까지 손에 쥐게 되었으므로 그들은 특권층과 매한가지였다.

분명, 과거라면 이런 생각을 했을 장. 하나 말더듬을 고친 지금은 꼭 그렇지만도 않다는 생각이 들었다. 그들 가운데 자신을 희생해서라도 이 사회를 아름답게 만들려는 자가 분명 있을 거라고 말이다. 그런 정치인이 많아져야, 세금이 허투루 낭비 되지 않을 테고 또 국회 때문에 국민이 골치 아프지 않을 거라 보았다.

하나 변희태는 인간쓰레기로 처리 대상이었다. 장은 그자를 국회의원들 사진에서 그 얼굴 사진을 쏙 도려내듯이 처리하는 것이야말로 국회를 아름답게 하는 거고 또 그래서 이 사회를 미화하는 거라고 생각했다. 장은 몸이 근질근질해짐을 느꼈다. 그와 함께 가벼운 긴장이 감돌았다. 장은 이런 스릴을 좋아했고, 즐겨왔다. 스릴 없는 삶은 앙꼬 없는 단팥빵이나 매한가지인 셈이었다. 장은 이번 건은 쉽지 않아 보여 몇 주 동안 치밀한 계획을 세우기로 하고, 우선 그가 은밀히 출몰하는 오피스텔에서 잠복하면서 그의 동태를 파악하기로 했다.

이후, 장은 며칠간 용필이가 그 오피스텔 지하 주차장에 세워둔 차안에서 지냈다. 미리 용필이가 주차장 경비원에게 20만원을 주고 자신의 차를 몰래 주차해주라고 한 청탁이 통했다.

압구정 인생역전 스피치학원 강의 날이 돌아왔다. 그날

은 잠복근무를 쉬기로 하고 오전에 주차장에서 빠져 나왔다. 그런 후 집에서 눈을 붙이고 나서 사무실에 들러 서류 가방을 챙기고 압구정 스피치학원으로 갔다. 그날은 '프레젠테이션 노하우'를 배우기로 되어 있었다. 강의실에 도착한 후 맨 구석 자리에 앉아 유인물을 펼쳤다.

이윽고 우리의 진하나 아나운서가 또각또각 하이힐 소리를 경쾌하면서도 우아하게 내면서 교탁 앞으로 걸어갔다. 그날따라 진하나 아나운서는 살구색 원피스를 입고 있었다.

그걸 보는 순간 프로페셔널 장은 직분을 망각하고 헉 하는 외마디 소리를 지르고 말았다. 청초하고 함초롬한 여성의 매력에 무장해제된 거다. 장은 흥분을 가라앉히려고 가까운 시기에 인간쓰레기 처리를 했을 때의 순간을 떠올렸다. 손에 땀을 쥐게 하는 서스펜스, 스릴을 통해 냉정함을 되찾으려고 했다. 크게 효과가 없었다. 워낙에 진하나 아나운서가 아름다웠기 때문이다!

장은 수강생의 머리들 사이에서 삐죽 고개를 내밀어 염탐하듯 교탁 쪽을 바라보았다. 진하나 아나운서가 오늘은 뒤풀이가 있어서 특별히 예쁘게 입고 왔다면서 환한 미소를 지었다. 장의 가슴이 쿵쾅거렸다. 장이 푹 고개를 숙이자, 진하나 아나운서의 목소리가 이어졌다.

"오늘은 '프레젠테이션 노하우'에 대해 배워보겠습니

다. 강의 진도표에 나온 대로 오늘 강의와 다음주 강의 연속으로 프레젠테이션 노하우에 대해 강의하겠습니다. 회사나 대학교에서 크고 작은 발표를 할 기회가 많으시죠? 어떤 분들은 척척 실력을 발휘하지만 어떤 분들은 그렇지 못한 게 현실이죠. 프레젠테이션은 특정한 사람만 잘 할 수 있는 게 아닙니다. 누구나 노하우를 습득하고 연습을 하면 훌륭한 발표자가 될 수 있답니다.

여러분, 세계적인 프리젠터 스티즈 잡스에 대해 들어보셨죠. 지금도 그분의 애플 스마트폰 발표회 동영상이 인터넷에 많이 떠돌아다니고 있어요. 수강생님 중에도 보신 분들이 계실 거라 생각합니다. 스티브 잡스가 작고한지 여러 해 지났지만 그의 발표가 워낙 탁월했기에 지금도 많은 사람들에게 감동을 주고 있죠. 그의 발표는 록 공연처럼 열광적인 분위기 속에서 진행이 되기에 대단히 몰입도가 높아요."

그 말이 끝나자마자 작은 기침을 했고, 다시 말을 이어갔다.

"사실, 스티브 잡스 하면 원래 언변이 뛰어난 사람으로 생각할지 모르겠는데 실제로는 그렇지 않아요. 그는 내성적인 성격이었는데 방송국 인터뷰를 할 때 너무나 떨려서 고생을 했답니다. 그런 그가 어떻게 해서 세계적인 프리젠터가 되었을까요? 그 비결은 부단한 연습에 있습니다. 그는 하나의 프레젠테이션을 위해 여러 주 동안 반복 연습을 했다고 해요.「스티브 잡스 프레젠테이션의 비밀」을 쓴 카마인 갈로는 이렇게 말했어요."

그러곤 손에 든 스마트폰을 바라보면서 말을 이어갔다.

"스티브 잡스는 무대 위에서 빈틈없이 연기를 선보이는 최고의 배우다. 그의 모든 동작과 시연, 이미지, 슬라이드는 완벽한 조화를 이룬다. 무대 위에 선 잡스의 모습은 너무나 편하고 자신감 넘치며, 자연스러워 보인다. 청중이 보기에는 그가 대단히 쉽게 프레젠테이션하는 것처럼 보인다. 사실 거기에 비밀이 있다. 잡스는 몇 시간씩, 아니 며칠씩 프레젠테이션을 연습한다.*"

그 말이 끝나자 고개를 들고 말했다.

"이렇게 해서 떨림증을 가졌던 사람이 록 스타처럼 열광적이고 감동적인 프레테이션을 선보일 수 있었답니다. 그러니까 수강생 여러분도 희망을 가지시길 바랄게요. 수강생분들 중에 기업체 임원, 그리고 마케팅 팀장님이 계신 걸로 아는데 그분들이 이번 강의에서 많은 걸 얻을 수 있으면 좋겠네요. 이번 프레젠테이션 강의가 수강생 여러분의 인생역전

---

* 카마인 갈로,「스티브 잡스 프레젠테이션의 비밀」238쪽

을 이루는데 큰 도움이 됐으면 합니다.

앞으로 2주간 내가 여러분에 전해드릴 프레젠테이션 노하우는 '스티브 잡스의 프레젠테이션 10계명'*입니다. 오늘은 이것에 대해 상세히 배우고, 다음 강의 시간에는 내가 직접 프레젠테이션을 시연하고 질의응답 시간을 가져볼까 합니다. 그럼 불을 끄고 슬라이드를 볼까요."

슬라이드 화면에는 다음과 같이 '스티브 잡스의 프레젠테이션 10계명'이 소개되어 있었다. 그 바탕 화면에는 청바지에 터틀넥을 입은 해골 모양의 스티브 잡스가 씨익 웃고 있었다.

1. 화제를 제시하라(Set the theme)

2. 열정을 표출하라(Demonstrate enthusiasm)

3. 윤곽을 보여줘라(Provide an outline)

4. 숫자를 의미 있게 활용하라(Make numbers meaningful)

5. 잊지 못할 순간을 선사하라(Try for an unforgettable moment)

6. 시각적 자료를 극대화하라(Create visual slides)

7. 쇼를 하라(Give'em a show)

8. 작은 실수는 잊으라(Don't sweat the small stuff)

---

* 비즈니스위크에서 스티브 잡스의 성공적인 프레젠테이션의 요소를 정리한 것.

9. 장점을 팔라(Sell the benefit)

10. 연습만이 살 길이다(Rehearse, rehearse, rehearse)

이윽고, 캄캄한 강의실에서 노하우 하나하나가 설명되었다. 안타깝게도 향긋한 진하나 아나운서의 얼굴이 잘 보이지 않았다. 따라서 기면 기고 아니면 아니오가 분명한 우리의 프로페셔널은 졸음과 싸워야했다. 시간이 쏜살 같이 흘렀고, 갑자기 강의실이 환해졌다.

그 찰나, 어떻게 졸고 있는 장을 알았는지, 그 버터 영어 발음의 소유자 유학파 아나운서 지망 머슴아가 고개를 뒤로 돌렸다. 장의 부스스한 눈과 딱 마주쳤다. 그 머슴아가 실망스럽다는 표정을 지었다. 어떻게 감히 진하나 아나운서 강의의 아카데믹한 분위기를 벌이가 신통치 않은 프리랜서 번역가 노총각의 졸음으로 망칠 수 있느냐는 표정이었다. 왜 자신의 학습 태도만큼 따라오지 못하느냐는 듯이 비아냥거렸다.

장은 찬물에 끼얹힌 듯 잠이 달아났다. 그 머슴아는 곧바로 고개를 앞으로 돌렸고, 장은 그의 뒤통수를 보면서 이등분이 나을까, 삼등분이 나을까 궁리하다가 최종적으로 사등분이 낫겠다는 생각을 했다.

잠시 후 진하나 아나운서의 인솔로 수강생들 상당수가 가까운 호프집으로 이동했다. 그날 강의에 나오지 않은 사람이 서너 명이었다. 여기다 남자친구와 근처에서 만나기로 해서요라는 스튜어디스 지망생 둘과 마누라의 긴급 호출이 있어 가지고 설라무네라며 똥 씹은 표정을 한 중년 직장인 한 명과 또 이따 여자 친구에게 고백하려구요라고 말하려는 듯했지만 차마 말하지 못한 핸섬한 남자 대학생 한명이 빠졌다. 해서 일행은 진하나 아나운서 포함 총 열 명이 조금 넘었다.

일행이 호프집의 구석 자리에 들어 선후 직장인과 유학파 머슴아가 눈치 빠르게 두 테이블을 붙여 놓자, 전체가 한 자리에 앉게 되었다. 그 뒤로 몇 분간 진하나 아나운서의 뒤풀이 개회사가 이어졌고, 이에 뒤질세라 40대 직장인이 마이크를 잡은 듯이 분위기를 이끌었다. 십여 분 뒤 일행은 맥주잔을 들이켰고, 이후 깜짝 사회자로 자처한 40대 직장인 활약으로 전체적으로 웃고 떠들고 그랬다. 그게 얼마 가지 않았다. 이내 일행은 이등분 되었다가 나중에는 정확히 사등분으로 나뉘어 지역 방송이 시작되었다.

장은 코너에서 두 명과 한 덩어리가 되었다. 왼쪽에는 스튜디어스 지망생, 앞쪽에는 유학파 머슴아였다. 머슴아의 시선은 줄곧 장의 왼쪽으로 향해 있었고, 그 녀석은 자랑질을 해댔다. 왼쪽 스튜어디스 지망생은 흰 블라우스 반팔소매에 묻은 먼지를 털어내면서 생글거리고 있었다. 그 둘이 주변을 의식한 듯 대화를 하는 도중에 장에게 말했다. 스튜어디스 지망생은 "인상 좋아보시네요? 그런 얘기 자주 들으시죠?"라고 했고, 유학파 머슴아는 영혼없이 "저도 그 말에 동감입니다. 성격도 좋으신 것 같아요."라고 했다. 이런 가식적인 말을 하면서 그 둘은 하하 호호를 연발했다. 장은 다소 좋아진 성격 탓도 있고 해서 관망적이고 수동적인 자세로 모나지 않게 둘과 한 덩어리가 되었다.

그러던 차에 누군가 장의 어깨를 툭툭 쳤다. 진하나 아나운서였다. 저기 할 말 있는데 잠깐만요라고 말했다. 반사 신경 뛰어난 장은 즉각 자리를 털고 일어났다. 그러곤 옆 테이블로 향했다.

둘이 테이블 사이를 두고 앉았다. 진하나 아나운서는 술이 약한 듯 얼굴이 붉었고 말이 다소 느렸다.

"강의가 도움 되셨나요?"

"네."

"선생님처럼 빨리 말더듬을 고치는 사람은 처음이에요. 그간 많은 노력을 해오신 듯해요. 혹시 특별한 연습이라도 하고 있나요?"

"강의 시간에 가르쳐준 것에 충실했습니다."

장은 학교 수업만 잘 듣고 S대에 합격한 시골 고등학생처럼 답했다. 뭔가 있어 보이는 듯했다.

"역시 선생님 목소리 매력적이세요. 근데 구체적으로 어떤 게 도움이 되셨나요?"

진하나 아나운서가 장의 눈동자를 뚫어져라 쳐다보았다. 마치 거울 속의 자신을 바라보는 듯 어색하지 않는 듯했다. 장이 머뭇거리지 않고 과단성 있게 입을 열었다.

"구호와 의식 있잖습니까?"

"그게 효과적이었나 보군요. 다른 강의 시간에도 수강생 중에 그게 도움이 된 경우가 종종 있었어요."

진하나 아나운서가 가지런한 치아를 드러내며 웃었다.

"혹시 구체적으로 어떤 구호와 의식을 하는지 알 수 있을까요? 개인적으로 궁금하기도 하고 강의할 때 참고하려고요. 프라이버시라면 말씀 안 해도 괜찮구요."

프로페셔널이자 호불호가 분명한 장이었다. 그 앞에 엄마 얼굴 쏙 빼닮은 진하나가 있었기에 '말씀' 안하는 건 있을 수 없는 일이었다. 그와 더불어 근접 거리에 있는 진하나에게서 향수와 살 냄새가 풍겨 왔기에 우리의 장은 이성을 붙들지 못한 상태였다. 장이 마술에 걸린 듯 입을 열었다.

"저는 구호로 엄마..."

자신의 입에서 나온 "엄마"라는 소리를 듣고서야 장은 정신을 차렸다. 프로페셔널 인간쓰레기 처리 전문직 종사자로서 감히 안 될 일이었다. 그런 단어는 입 밖에 나오지 말아야 했다. 프로페셔널 이미지가 심각하게 손상되기에 말이다. 이때 진하나 아나운서가 끼어들었다.

"어머, 저랑 똑같네요. 저도 신입 아나운서 시절 너무 떨릴 때면 엄마 도와주세요라고 구호를 외쳤답니다. 그랬더니 신기하게도 떨림증이 완화되더라구요. 지금은 '할수 있다'라고 구호를 외치죠."

장의 이미지 손상이 너무 심한 듯했지만 말을 번복하기에는 늦어버렸다.

"네, 구호로 엄마라고도 합니다. 양로원, 요양원 이런 곳에서 행사 진행을 할 때 그렇습니다. 어머님 같으신 분들을 대하다보니 엄마라고 하는 게 효과적이었습니다."

이렇게 살짝 비껴가기로 만족하기로 했다. 그러자 진하나 아나운서가 친구를 만난듯 반가운 표정을 지었다.

"봉사 활동을 많이 하시나 봐요. 저도 시간 날 때마다 양로원, 고아원, 동물보호단체에서 봉사를 한답니다. 저랑 비슷하시네요."

기분이 좋아진 진하나 아나운서가 직접 여기요라고 직원을 호출하고는 맥주 두 잔을 시켰다. 건배를 하고나서 둘은 원샷을 했다. 진하나 아나운서는 술이 약하지만 맥주 서 너 잔까지는 괜찮다고 했다. 그러면서 시시콜콜한 자신의 이야기를 털어놓기도 하고, 또 번역 일에 대해 여러 가지 궁금증을 물었다.

30여분 시간이 지났을까? 갑자기 진하나 아나운서가 바짝 얼굴을 앞으로 내밀면서 말했다.

"선생님은 중저음 목소리로 막힘없이 술술 말을 잘하세요. 약간 더듬는 건 우리 같은 아나운서도 간혹 실수로 한답니다. 선생님은 현재처럼 말하기 연습을 계속 하면 앞으로 더 나아질 거예요. 근데 딱 한군데 흠이 있어요. 그것만 고치면 정말 뛰어난 스피커가 될 거예요."

장이 뜨끔했다. 장이 진하나 아나운서의 눈동자를 똑바로 쳐다보았다. 그녀가 입을 오므렸다가 열었다.

"말하는 톤이 딱딱한 게 유일한 문젠데요. 아마 아직까지 긴장감을 온전히 털어내지 못한 탓일 거예요. 연기자들도 긴장하면 국어 책 읽듯이 대사를 말하는 경우가 종종 있거든요. 선생님은 딱딱한 말투를 고치면 좋겠어요. 끝말 처리를 '~다' 대신에 부드럽게 '~요'로 바꿔보는 것이 좋은 방법이에요."

진하나의 '~요'로 끝나는 말투가 역시나 부드러웠다. 그녀의 따스한 말이 이어졌다.

"말에는 말하는 사람의 인성이 드러나거든요. 일례로, 차가운 성격의 사람은 말이 차갑고, 따스한 성격의 사람은 말이 온화하답니다. 그러니까 앞으로는 대화 상대를 배려하고, 존중한다는 마음을 말의 따스한 온도로 표출시켜보세요. 그러면 대화 상대가 그 따뜻한 말을 호의적으로 받아들이게 되고, 더 대화를 하고 싶은 마음이 들겠죠.

참고로 이금희 아나운서가 따뜻한 말을 하는 사람의 대표 모델입니다. 그 분의 말을 듣다 보면 친언니 같고, 이모 같아서 너무나 마음이 포근해져요. 선생님도 앞으로 말에 따뜻함을 담아보면 어떨까요? '~요'자로 끝말 처리를 하다보면 어느 순간 따뜻한 말을 하는 사람이 될 거예요. 그럼 어디 내놔도 손색없는 뛰어난 화술가가 될 게 분명해요."

진하나 아나운서가 장에게 특별히 관심을 가져주었다. 물론 남녀 사이의 이성적인 관점에서가 아니었다. 이는 마치 반 성적이 꼴찌이던 초등학생이 성적이 몇 손가락 안에 들 정도로 일취월장했을 때, 그 반 담임 선생이 그를 기특해하는 것과 같았다. 진하나 아나운서는 말더듬을 극복하여 뛰어난 말솜씨를 선보인 장이 대견했다.

10
인터넷 깜짝 스타

압구정 인생역전 스피치학원에 다녀온 그날 새벽에 장은 또다시 오피스텔 지하 주차장에서 잠복에 들어갔다. 한잔 한 탓인지, 진하나와의 밀착 대화 때문인지 긴장이 풀려 잠이 솔솔 왔다. 꾸벅꾸벅 졸다가도 번쩍 두 눈을 떴다. 그러다가 다시 눈꺼풀이 무거워져서 옆으로 쓰러지려고 했다.

그때였다. 망원경카메라에 사진에서 본 인물이 나타났다. 중절모를 쓴 60대 후반의 남성이 차에서 내려 엘리베이터로 걸어가고 있었다. 그자는 분명, 못돼먹은 국회의원 변희태였다. 마른 체형과 살짝 배가 나온 모습에 중절모 챙 아래에서 살짝 드러난 용모가 그랬다.

네 시간 정도 흘렀을까? 또다시 그의 모습이 잡혔다. 그 옆에는 중년 남성 두 명과 늘씬한 여성 한명이 있었다. 연신 그들은 그자에게 굽실거렸다. 그가 차에 오르자 그들은 곧바로 자신의 차에 올라탔다. 여성도 자신의 차에 올랐다. 그러곤 주차장 밖으로 빠져나갔다. 장은 그 녀석 옆에 있는 남성 두 명과 여성 한 명의 사진을 찍었다.

이윽고 장은 용필이에게 차를 가지러 오라고 전화했다. 새벽에 전화를 받은 용필이는 자신은 불가피한 사정이 있어서 못 간다고 했다. 그 사정으로 말할 것 같으면 초저녁에 한번 하고 나서도 부족해 새벽에 한창 마누라와 하고 있는 '사정'이었다.

용필이는 즉시 잠자고 있는 노랑머리 아그에게 전화를 걸었다.

"당장 장에게 가서 차를 몰고 와."

이렇게 지시를 내리자, 노랑머리가 머리를 긁적이면서 입을 열었다.

"공과 사를 구분... "

말끝을 흐리자, 용필이는 경쟁 심리를 자극했다.

"정 그러면 민식이(라이딩 자켓)을 팀장으로 승격시키는 수가 있다. 아 씨발."

이에 노랑머리가 정신 번쩍 들어서 잽싸게 밖으로 뛰쳐나갔다. 얼마 후 노랑머리가 지하 주차장에 도착했고, 차를 몰아 밖으로 나왔다. 그러곤 홍대역 근처에서 장을 내려주었다. 장은 집으로 돌아가면서 용필이에게 텔레그램으로 사진을 보내는 것과 동시에 사진 속 사람들이 누군지 알아봐달라고 문자를 넣었다.

한시가 넘을 즈음 장이 잠에서 깨어 터벅터벅 걸어 사무실로 향했다. 장은 사무실에 도착한 후 먹을 것을 오물거리면서 컴퓨터에 시선을 응시했다. 신문 중에 사건·사고면을 집중적으로 보았다. 역시나 어제 떠들썩한 사건 두 개가 발생했다.

하나는 한 아주머니가 술에 취해 못총을 들고 농협을 털었다는 기사였다. 식당을 운영하던 아주머니는 장사가 안 되어 5억대의 빚을 지게 되자, 비관한 나머지 강도짓을 감행했다고 했다. 미숙한 강도는 곧바로 붙잡혔다. 두 손이 수갑에 채워진 은행 강도 아주머니는 막 술에 깬 듯이, 자기가 뭔 일을 했는지 모르겠다는 표정을 지었다.

다른 하나는 50억대 부동산 노부가 외아들을 엽총으로 쏴 죽이고 자살했다는 기사였다. 비명횡사한 자식은 명문 Y대 교수였으며 종종 MBS '누잘토(누가누가 잘 하나 토론)'에 진보적이고 개혁적인 발언을 하는 패널로 나와 시청자들로부터 참지식인의 표상으로 존경받았다고 했다.

그랬던 그가 돈에 눈이 멀어 노부를 치매환자로 둔갑시키고, 깊은 산골 요양원에 가뒀다고 했다. 치매 환자 부모의 재산은 고스란히 그의 몫이 되었다. 그런데 막상 아버지의 재산을 상속받아보니, 아버지에게 숨겨진 채무가 무려 70억원이 있었다. 그는 파산하고 말았고, 뒤늦게 자신의 잘못을 뉘우치고 아버지를 요양원에서 데려왔다고 했다. 그게 자신의 목숨 줄을 끊는 행위가 되고 말았다. 아버지는 파출소에서 엽총을 가지고 나와 아들의 복부에 총알 세 발을 박고 나서 자신의 관자놀이에 총을 쐈다고 했다.

장은 컴퓨터에서 시선을 떼면서 혼잣말로 세상 사람들이 흉악해지고 있어서 문제야라고 말했다. 세상 사람들 가운데 자신을 쏙 빼놓고 말이다. 장이 자리에서 일어나 화장실로 향했다. 조금 후 자리에 와보니 텔레그램에 문자가 와 있었다.

여자는 영화배우 박보선이야. 캬, 몸매 죽이대. 남자는 사례금 오백을 걸고 누군지 알려주는 사람에게 일시불로 준다고 인맥에게 연락을 했어. 그랬더니 금방 누군지 밝혀지더라구. 씨발. 머리 벗겨진 자는 갑진그룹 회장 장창구이고, 금테 안경 쓴 자는 서민일보 회장 박해식이라고 하더라구. 염병하게 다들 거물급이네. 더 필요한 것 있음 콜하고. 참. 이번 사례금은 내 돈으로 지출한다. 친구끼리 서비스하는 거고 딱 한번뿐이다.

　장은 뭐지 하는 표정을 지었다. 그와 함께 그 세 명의 이름을 컴퓨터에 입력해 차례대로 검색해보았다. 모두 일치했다. 박보선 배우는 청순가련형으로 유명했다. 그가 새벽에 세 명의 거물급 인사와 함께 오피스텔에 있다가 나오는 게 뭔가 수상쩍었다.

　장은 그 국회의원을 밀착 미행하기로 했지만 말처럼 거물급 미행이 쉬운 일이 아니었다. 실행에 옮기지 못한 채 답답하게 하루 이틀 시간이 흘러갔다.

　여배우와 거물급 인사 셋의 이상한 관계에 대한 의문은 머지않아 풀렸다. 장이 매일같이 애독하는 사건 사고 뉴스가 도움을 주었다. 장이 평소처럼 아점을 오물거리며, 컴퓨터에 무심하게 시선을 고정시키고 있었는데 그 영화배우 박보선이 음독자살을 했다는 기사가 보였다. 그 기사에는 그녀가 유서를 남겼는데, 거기에 자신의 성 접대를 받은 거물급 인사의 리스트가 들어 있었다고 했다. 일간지 S일보 B 회장, G그룹 J 회장 등이 포함되어 있었다는 것이다.

　한데, 경찰 관계자는 사회에 미칠 큰 파장 때문에 그 리스트를 공개하지 않기로 했으며, 그 리스트가 얼마나 신빙성이 있는지 의문이라고 했다. 경찰 관계자는 자살한 사람이 남긴 리스트 한 장 가지고서는 거물급 인사를 오라 가라 하기가 어렵지 않겠냐며 난색을 표했다. 이와 함께 시신의 목에 졸린 자국이 그리고 시신 엉덩이 여러 군데에 꼬집힌 상처가 있었다고 했다.

마지막 줄 기사를 보자, 용필이의 말이 떠올랐다. 의뢰인이 그 작자가 변태 짓을 한다고 하더라... 그렇다면 그 국회의원이 영화배우를 농락했을 가능성이 많았다. 갑진그룹 회장과 서민일보 회장도 함께 했을 터였다. 남의 시선을 피해 오피스텔에서 세 명의 거물급 인사들이 가녀린 여성 한 명을 가지고 놀았다는 심증이 굳어졌다. 장은 신경질이 나서 책상을 쾅 쳤다. 그러곤 컴퓨터를 꺼버렸다.

'인간쓰레기 천지로군. 나 같은 인간쓰레기 처리 전문직이 있어야한다니까. 나 같은 사람이 없으면 온 세상에 악취 풍기는 인간쓰레기가 넘치고 넘칠 거야. 저런 인간이 대통령이 되면 나라꼴이 어떻게 되겠어? 차기 대권 유력 후보자가 재계 인사, 언론계 인사와 함께 성 접대를 받았다니 말이 돼? 앞으로 지네들끼리 나라를 말아먹고도 남겠어. 빌어먹을.'

프로페셔널 장은 화를 억누르려고 고개를 좌우로 돌렸다. 그러고도 분이 풀리자 않자 사무실 옥상으로 향했다. 고층 건물 사이로 한강이 보였다. 고개를 오른쪽으로 돌리자 국회의사당의 푸른색 돔 지붕이 살짝 보였고, 고개를 왼쪽으로 돌리자 청와대를 품고 있는 북한산이 보였다.

그러고 보니, 내년이 대통령 선거였다. 내년 말에, 변태 같은 변희태가 청와대에서 침식하고 국회를 쥐락펴락할 것이 거의 확정적이었다. 울화통이 터졌다.

그날 이후, 장은 그 국회의원 뒤를 조심스레 미행하면서 기회를 엿봤다. 어떨 때는 택배 기사로, 어떨 때는 신문 배달부로, 또 어떨 때는 자장면 배달부로 위장하여 그의 동선을 바짝 따라다녔다. 역시나 차기 유력 대통령 후보의 경호가 막강했다. 늘 그의 주변에는 건장한 체격의 경호원들이 대기 하고 있었고, 그의 동선이 잘 공개되지 않는 것은 물론 자주 동선이 바뀌었다. 물샐틈없는 경호였다.

그런 동안 눈 깜짝할 사이에 일주일이 지났고, 또 일주일이 지났다. 세 번째 주가 시작되었다.

그 사이에 두 번 압구정 인생역전 스피치학원에 갔다 왔다. 진하나 아나운서는 강의가 끝나면 특별히 장에게 다가와 가르쳐 준대로 연습을 잘 하는지, 그래서 말솜씨가 많이 늘었는지 물어봤다. 어떨 때는 빈 강의실에서 테스트를 해보기도 했다. 언젠가 테스트를 할 때, 장이 매너 좋은 신사처럼 '~요' 끝말을 사용해 말에 따뜻한 온기를 담아보았다. 강사님, 원피스가 이쁘시네요, 헤어스타일도 멋지구요, 저랑 차 한잔 하실래요라고 말을 했다. 그러자, 진하나 아나운서가 액셀런트라면서 크게 웃으면서 손뼉을 쳤다.

하지만 요즘은 온 정신이 변희태 처리 건에 팔려 있다 보니, 제대로 강의에 집중할 수 없었다. 집에 와서도 연습에 몰두하기 힘들었다. 머릿속에는 온통 변희태를 처리해야 한다는 일념으로 가득했다.

사무실에 있을 때였다. 장에게 전화가 걸려왔다. 진하나 아나운서였다.

"선생님, 갑자기 전화 드리게 돼서 죄송해요. 급한 용무가 생겨서요. 혹시 오늘 저녁에 약속 있으세요?"

"그렇지 않아요."

장은 '요'자로 끝말 처리를 해서 온화한 말투를 유지하려고 했다.

"전화상으로 들리는 목소리가 멋지네요. 따뜻함이 묻어나기도 하구요. 실은 오늘 저녁에 내가 진행하는 시사 교양 프로그램에 나오기로 한 패널 한분이 응급실로 실려 가는 바람에 참석 못하게 되어서요. 그래서 선생님이 대신 출연해주면 좋겠어요. 어떠세요? 그동안 익힌 말솜씨를 발휘할 겸 참석해보세요. 꼭요. 피디님에게 내가 선생님을 추천을 했으니까 선생님이 방송에 나올 수 있을 거예요."

방송 출연이라는 말에 장이 얼떨떨했다. 그동안 은밀하게 수많은 인간쓰레기를 처리해온 장이 온 국민의 눈과 귀가 집중하는 TV에 나온다는 게 될 말인가? 장이 어렵다며 제안을 거절하려고 마음을 먹었다.

그러자 엄마가 시킨 심부름을 하기 싫다고 투정부리는 어린 시절의 장이 떠올랐다. 그러면 못써 하면서, 착한 아이는 엄마 말씀을 잘 듣는단다라는 엄마 목소리가 귓가를 스쳤다. 이에 장이 스마트폰에 바짝 입을 대고 말했다.

"아무래도 진하나 아나운서님의 제안을 거절하기 힘들군요. 내가 말더듬을 고치고 지금처럼 말하기 실력이 늘어난 게 진하나 아나운서 덕분이기 때문이에요. 근데 이번 방송이 다루는 주제가 무엇이죠? 그리고 내가 어떤 말을 하면 될까요?"

"오늘 다루는 주제는 '한국소설의 위기'예요. 요즘 외국 소설이 불티나게 팔리는 반면 한국 작가의 소설이 대부분 외면 받고 있잖아요. 이를 번역가의 입장에서 말씀해주시면 돼요."

장은 '한국소설의 위기'라는 말을 들었을 때는 컥 하고 숨이 멎는 줄 알았다. 자신이 감당할 수 없을 거라 보았다. 그 뒤로 이어지는 '번역가의 입장에서'라는 말에서 조금 안심이 되었다. 실제로 장 자신이 수년간 단 한권의 한국소설도 안 읽은 반면 외국소설은 십여 권을 봤기 때문이다. 번역 참고용, 그리고 시간 죽이기용으로 틈틈이 외국소설을 읽어왔다. 장은 몇 마디 할 수 있겠다는 생각이 들었다.

"그렇군요. 그건 크게 어렵지 않아 보이네요."

"지금 카톡으로 질문 대본을 보내드릴 테니 참고하세요."

"잘 준비해서 갈게요. 그럼 몇 시까지, 어디로 가면 될까요?"

"선생님이 참석하게 돼서 기뻐요. 저녁 7시 30분까지 광화문 동화일보 사옥으로 오시면 돼요. 안내 데스크 직원에게 '진하나의 오손도손 살롱' 프로그램에 참석하는 패널이라고 말하면 잘 안내해드릴 거예요."

장은 카톡으로 받은 방송 질문 대본을 컴퓨터 화면에 다운로드를 했다. 그러곤 쭉 읽어보고 나서 질문에 대답할 내용을 인터넷으로 검색해 훑어봤다. 네 시간 동안 많은 자료를 숙지했고, 질문 대본에 간략히 답을 적은 후 출력을 했다. 다섯 장이 나왔다. 그걸 보면서 몇 번이고 할 말을 되뇌었다.

이윽고 6시가 조금 지나자, 사무실에서 나왔다. 그러곤 지하철을 타고 광화문역에서 내린 후, 청계천 쪽으로 걸어갔다. 어느새 고층 빌딩의 사무실에서 환한 불빛이 보이기 시작했다. 그와 함께 하나 둘 가로등 불이 켜지고 있었다. 십여 분 후 장은 그 언론사 사옥 일층에 도착한 후 엘리베이터를 타고 15층으로 올라갔다. 그곳에 내리자, 진하나가 진행하는 방송 스튜디오가 보였다.

진하나 아나운서가 그를 알아보고 인사했다. 진하나 아나운서가 반가운 표정을 지으며 장에게 다가와 잘 도와달라고 했다. 30분 뒤면 생방송 촬영이었다. 장이 자리에 앉아 보니 자신을 포함해 네 명이 패널로 참석하고 있었다. 진하나 아나운서의 소개에 따라 문학평론가(겸 K대 교수), H대학교 일본어학과 교수, 소설가가 인사를 했다. 그 다음 영미소설 번역가 장이 인사를 했다. 얼마 후, 큐 사인이 울려 퍼졌다.

진하나 아나운서가 카메라를 응시하면서 환한 표정으로 말했다.

"안녕하세요? 아나운서 진하나입니다. 날씨가 많이 쌀쌀해졌는데요 이럴 때일수록 서점을 자주 찾게 되시죠? 오늘은 한국소설에 대해 이야기하는 자리를 가져보려고 해요. 요즘 한국소설이 위기에 빠졌다고 하는데 이 점에 대해 전문가들과 이야기를 나눠보겠습니다."

그러곤 다소 심각한 표정을 지으며 말했다.

"저는 개인적으로 소설책을 참 좋아하고 많이 읽습니다. 그런데 책꽂이에 있는 책들 대부분이 일본 대중소설이나 영미 대중소설이에요. 어떻게 해서 한국사람이 한국소설을 읽지 않고, 외국소설에 빠지게 되었는지 참으로 궁금하군요. 저처럼 우리 독자들에게 한국소설이 읽히지 않는 점에서 한국소설의 위기라고 말하기도 합니다. 그러면 이 자리에 참석하신 분들과 왜 한국소설이 위기인지, 그리고 해법이 무엇인지에 대해 이야기를 나눠보겠습니다."

뿔테 안경을 쓴 문학평론가가 먼저 입을 뗐다.

"현재 한국소설은 위기가 분명합니다. 그 정도를 말할 것 같으면 4기 암이라고 해도 과언이 아니에요. 대학생들도 한국소설을 잘 읽지 않고 있습니다. 어쩌다 이렇게 되었을까요? 이는 소설가들이 자기 세계에 함몰한 나머지 지나치게 소설 주인공의 자의식이 과잉해진 탓으로 보고 있습니다. 이제 소설가들이 골방에서 나와서 사람들과 교류하면서 공감대를 만드는 노력을 해야 한다고 봅니다."

그러자 헐렁한 남방을 입은 수염투성이 소설가가 맞대응했다.

"한국소설의 위기를 소설가 탓이라고 말하는 건 곤란합니다. 내가 볼 땐 문학평론가, 특히 문학잡지 기획자를 겸하는 평론가들이 문제라고 봅니다. 그네들이 딱 정한 주제의식과 문체주의 그리고 단편 중심주의 때문에 한국소설의 불구화가 되었다고 봐요. 소설가들의 상상력을 문단 권력을 잡은 평론가 패거리들이 좌지우지하기 때문에 한국소설의 서사가 식상해진 겁니다. 그래서 독자들의 외면을 받게 된 거예요. 그리고..."

심각한 평론가가 안경을 매만지면서 가로막았다.

"우리 평론가는 한국소설의 발전을 위해 현장에서 누구보다 치열하게 분투하고 있는 사람입니다. 한데 우릴 보고 문단 권력, 패거리 어쩌구 저쩌구 하는 소리는 너무 심한 말 같네요."

그러면서 미간을 찌푸렸다. 그러자 수염투성이 소설가가 고양이를 보고 놀란 쥐의 눈빛을 보였다. 이때, 기름 바른 듯 머리를 반짝이는 일본어학과 교수가 입을 열었다.

"일본 대중소설이 재밌는 건 분명합니다. 내가 꼭 일본어학과 교수라서 그렇지 않습니다. 산뜻한 분위기, 감각적인 문체, 흥미진진한 스토리가 안보면 못 배기게 만들잖아요. 안 그렇습니까? 내가 꼭 일본어학과 교수라서 그런 게 아닙니다. 이런 점 때문에 외국소설 중에서도 단연 일본 대중소설이 많은 한국 독자를 사로잡은 것이죠. 인정할 건 인정해야한다고 봅니다. 이걸 왜 한국소설에서 벤치마킹을 못하냐 말입니다. 그러면 간단히 해결이 될 문젠데. 내가 꼭 일본어학과 교수라서 하는 말이 아니고…"

이에 질세라 고집불통처럼 생긴 평론가가 반박을 내놓았다.

"우리 평론가는 순문학의 정신을 지키고 있습니다. 그런 일제 싸구려 소설이 우리나라 문학계를 타락시키는 것을 막아야하는 게 또 우리의 책무이기도 합니다. 한국소설이 살아나기 위해선 무엇보다 한국 독자들이 수준 높은 소설을 선별하여 독서해줘야 한다고 봅니다. 그리고 소설가들도 더욱 분발하여 신선하고도 서사성 강한 소설을 써내야합니다. 우리 평론가는 그걸 고대하고 있어요."

그러면서 거만하게 고개를 약간 뒤로 제쳤다. 그는 타락이 벌어지는 현실에서 고고한 엘리트로 자처하는 듯한 인상이었다. 그는 철밥통을 차고 있는 상아탑의 지성을 대변하는 문학평론가였다. 그 맞은편의 헐렁한 남방을 입은 수염투성이 소설가는 보나마나 매일같이 밥그릇을 걱정하는 신세일 터였다. 그 둘 사이에서 일본어학과 교수는 이미지 관리를 하는 듯 연신 미소를 남발했다.

장이 따분해져서 슬그머니 하품이 나오려고 할 때, 그걸 본 진하나 아나운서가 재빨리 말했다.

"장덕구 번역가님은 어떻게 생각하세요?"

깜짝 놀란 장이 진하나 아나운서의 미소를 보고 정신을 차렸다. 그러곤 진하나 아나운서의 미소에 기분 업이 되어 눈을 최대한 크게 뜨고 입을 열었다. 질문 대본을 덮어둔 채였다.

"저는 영미 대중소설을 오랫동안 번역 해오고 있어요. 개인적으로 볼 때 영미 대중소설은 일단 손에 잡으면 끝까지 한눈팔지 않게 흥미진진하게 몰입하게 만든다고 봐요. 그게 영미 대중소설의 매력이죠. 일본소설을 잘 안 읽어서 뭐라고 말할 순 없지만, 일본 대중소설 역시 잘 팔린다는 건 곧 그만큼 재밌게 잘 읽힌다는 거겠죠. 저는 소설의 생명은 뭐니뭐니해도 흥미로운 스토리라고 봅니다. 그것 때문에 독자들이 소설책을 찾는다고 봐요.

문체와 주제는 그 다음이라고 봐요. 예외적으로 문체와 주제를 중시하는 소설이 있다면 그건 소수 마니아를 위한 소설이겠죠. 영화로 치면 대중영화와 다른 아트영화라고 할 수 있지 않을까요? 그것은 그것대로의 길이 있을 겁니다. 중요한 건 독자를 염두에 둔 우리 대중소설 산업과 시장의 문제죠. 그런 점에서 할리우드 영화에 대항해 한국 대중영화 산업과 시장이 성장해온 걸 매우 긍정적으로 봐야합니다. 한국의 대중소설 산업과 시장도 성장해야한다고 봐요."

셋 사이에서 워낙에 튀는 중저음 바리톤 목소리였기에 다들 그의 말에 빨려들어 갔다. 끼어들려거나, 반박 의견을 제시하려거나, 논점을 바꾸려거나 하는 생각이 전혀 끼어들 틈이 없었다. 장의 발언은 마치 오페라의 한 장면에서 주인공이 유장하게 부르는 노래 같았다. 크게 튀지도 않고 그렇다고 보기 싫지도 않은, 무난한 외모 & 마른 체형의 장은 적절히 손짓을 하면서 우아하고도 품위 있게 말을 이어갔다.

"이 자리에 각계 전문가께서 바쁜 시간을 쪼개서 모이셨는데요 자기 관점만 주장하다가 소비적인 논의로 빠지는 일이 없었으면 좋겠어요. 개인적으로는 한국 대중소설 산업과 시장의 발전에 한데 의견을 모아야한다고 봐요. 이렇게 해서 한국의 독자들이 우리 작가의 소설에 푹 빠져들게 만들어야한다고 봅니다. 그게 한국소설의 위기를 해소하는 한 방안이 되리라봅니다. 언제까지 한국소설의 위기라고 떠들기만 하고 외국 대중소설, 특히 일본 대중소설이 안방을 장악하고 있는 걸 무기력하게 지켜보기만 할 건가요? 외국 대중소설에 뺏긴 우리 독자를 문학 소설로 도로 되찾겠다는 발상은 비현실적이죠.

한국 영화가 할리우드 영화를 제치고 우리 국민에게 전폭적인 지지를 얻는 걸 보세요. 70~80년대에 누가 이런 일이 생기리라 예상했어요? 그 당시에는 할리우드영화와 홍콩영화가 우리 관객을 장악하다시피 했죠. 하지만 시간이 흘러 우리 대중영화가 안방을 차지하는 게 현실이 되었고, 우리 대중영화 산업과 시장이 더욱 확장되는 것은 물론 세계로 나아가고 있지요."

장이 침을 삼키고 나서 말을 이어갔다.

"따라서 우선적으로 한국 대중소설 산업과 시장의 발전을 꾀하여 우리 독자를 끌어안는 한편 대중의 일부를 한국 문학소설로 유도해야한다고 봐요. 대중소설의 발전과 문학소설의 발전, 투 트랩 전략을 펼치는 거죠. 개인적으로 저는 내가 대중소설을 강조한다고 해서 꼭 대중소설만 번역하려고 하지 않아요. 앞으로 기회가 되면「노인과 바다」같은 명작을 번역하고 싶은 생각이 있거든요. 그러니까..."

장은 인터넷에서 본 문화비평 잡지, 문학잡지, 신문사의 문화면 특집 기사 등을 토대로 거침없이 말을 토해냈다. 압구정 인생역전 스피치학원에서 프레젠테이션 노하우를 익힌 게 큰 도움이 되었다. 여기에다 장르소설을 번역해오면서 몸에 저장된, 콘텐츠를 물 흐르듯이 전달하는 능력이 도움이 되었다. 술술 잘 읽히는 번역 글쓰기가 술술 빨려드는 말하기로 곧장 연결되었다. 여기에다 포근한 느낌을 주는 '~요'자를 자유자재로 사용하는 것과 함께 적절한 제스처가 말의 호소력을 크게 높여주었다.

그리하여 장은 막힘없이 요령껏 자기 의사를 표출했

고, 장의 바리톤 노래 같은 유려한 발언에 패널 셋이 도취되었다. 그 가운데 남에게 지기 싫은 성미를 가진 평론가가 입을 열었다. 장이 분위기를 장악해가는 것에 위기의식을 느낀 듯 흥분한 목소리였다.

"번역가님의 목소리가 좋으시네요. 하지만 위기의 본질은 한국 순문학의 위기라는 데는 변함이 없습니다. 상업적이고, 대중추수적인 논리로 우리 소설문학의 정신을 훼손해서는 안 됩니다. 우리 평론가는 순문학 정신을 변함없이 견지하면서 한국문학을 타락한 현실에서 구출하는 사명을 갖고 있으며..."

그의 무미건조한 목소리에 얹힌 딱딱하고 재미없는 말이 이어졌다. 진하나 아나운서는 식상하다는 표정을 지었다. 다른 두 명 곧 소설가와 일본어학과 교수가 진하나 아나운서와 눈빛을 마주치고 나서, 자신도 그래요라는 표정을 지었다. 그러면서 흘끔 장을 쳐다보았다.

문학 평론가의 호응도 떨어진 말이 끝나자, 일본어학과 교수, 소설가의 말이 이어졌다. 그 둘의 입장은 대동소이했다. 한국의 대중소설을 크게 성장시키는 것이야말로 현 한국소설이 앓고 있는 4기 암을 고칠 수 있는 유일무이한 처방이라는 거였다.

다시 장의 말이 이어졌고, 그러자 넷(진하나 아나운서 포함)

은 성악 감상하듯이 유려한 장의 발언에 빨려들어 갔다. 그러곤 장의 말이 끝나자, 일본어학과 교수와 소설가의 말이 이어졌다. 일본어학과 교수는 말을 끝내면서, 자기가 번역한 에이쿠 가오리의 일본 연애소설도 참 재밌다는 말을 잊지 않았으며, 우리의 수염투성이 소설가 양반은 눈치안보고 마음대로 쓴 소설이 많이 팔려서 쌀통에 쌀 떨어지는 걱정을 덜었음 좋겠다고 말했다.

그리하여 삼대일이 되자, 쪽수에서 밀린 문학평론가가 재빨리 강자의 라인을 탔다. 강자는 장이 아니라 어여쁜 미모의 진하나 아나운서였다. 그녀의 눈치를 보곤 문학평론가는 이렇게 말했다.

"그래요, 다들 각자의 입장이 있는 거죠. 하지만 진하나 아나운서와 같이 교양 있는 분들 대다수가 대중 외국소설을 많이 읽는 게 현실입니다. 외국의 대중소설을 읽는 게 뭔 잘못이 있겠습니까? 한국의 순수 문학소설도 외국 대중소설 못지않게 재밌는 스토리로 무장하여 진하나 아나운서처럼 교양 있는 분에게 많이 읽혀야한다고 봅니다."

그 말은 진하나 아나운서에게 바치는 헌사로 비쳐졌다. 교수로 먹고 살만하고, 평론가로 이름을 날리고 있으니 그의 마음 한구석에는 늘 흑심이 발버둥치고 있을 게 뻔했다. 윤리 교사같이 이래야 해, 저래야 해라고 주변 사람을 스트레스 받게 하지만, 정작 자신은 미모의 아나운서 앞에서 한없이 재롱떠는 아이에 지나지 않았다.

평론가의 말에, 오케이 사인을 주듯 진하나 아나운서가 방긋 미소를 지었다. 그러자 그 평론가가 순수한 마음을 가진 사람이라는 듯이 헤헤헤 웃음을 지어보였다. 이따 뒤풀이 & 폰 번호 오케이? 라는 그의 빅 픽처가 장의 눈에 선했다.

곧이어 진하나 아나운서가 논의를 정리했고, 각 패널 분들이 추천하는 한 권의 한국소설을 소개하는 시간을 갖기로 했다.

문학평론가는 자기가 기획위원으로 있는 출판사에서 낸 신인 여소설가의 소설 「그래 어쩔 거야, 시바(Siva)」를, 일본어학과 교수는 모 한국 언론사의 일본특파원 기자가 밀착 취재한 르포 소설 「K팝 섹시 걸그룹에 빠진 오사카의 야쿠자」를 추천했다. 수염투성이 소설가는 공개석상에서 다른 소설가의 책을 추천하는 게 이 문학 동네의 상도이기는 하나 아무리 눈 씻고 봐도 자기 소설만한 게 없는 관계로 불가피하게 그리고 눈 높은 독자를 존중하는 마음으로 자신의 졸작 「K 소설가의 한없이 어이없는 하품」을 추천했다. 마지막으로 장은 유익한 내용이 많아서 두고두고 본다는 한국 추리소설 거장 S의 「쥐도 새도 모르게 적을 처리하는 11가지 방법」을 추천했다.

이날 방송은 인터넷에서 적지 않은 반향을 낳았다. 장은 진하나 아나운서에게 배운 말솜씨를 유감없이 발휘했는데, 특히나 장의 유려한 말솜씨와 함께 중저음 바리톤 목소리가 네티즌의 마음을 사로잡았다. 그는 마치 중저음 목소리에 빼어난 말솜씨로 청중을 장악하던 버락 오바마와 같았다. 그는 패널 중에 군계일학이었다. 대조 효과로 인해 더더욱 그가 빛나보였다.

동화일보 종합편성 채널 홈피, 각종 소설 애호가의 SNS에 그에 대한 글이 수두룩하게 올라왔다. 여성 네티즌은 "목소리 좋은 머찐(멋진) 오빠 누구야? 꺅", "캡처 사진 확보", "번역가 오빠가 소설을 쓰면 주문예약 들어감" 등의 호의적인 글을 쏟아냈고, 남자 네티즌은 "같은 남자로서 신경 쓰이게 목소리가 좋다", "말솜씨가 웬만한 아나운서, MC 뺨친다"는 긍정적인 글을 적어냈다. 방송 동영상도 꽤 많은 블로그, 카페, 페이스북에 퍼 날라졌다. 시사 교양 프로 동영상치고는 이례적인 일이 아닐 수 없었다.

다음 날이었다. 진하나 아나운서로부터 전화가 왔다.

"선생님, 깜짝 스타 되셨네요. 인터넷에 선생님에 대한 글이 많이 올라와 있어요. 깜짝 놀랄걸요. 마침 좋은 소식이 하나 있어요. 어제 방송을 본 시사교양 제작 국장님이 선생님에게 한번 토크쇼 진행자를 시켜보면 어떻겠냐는 제안을 주셨어요. 물론, 테스트에 통과하는 조건입니다. 생각 있으세요? 꼭 좀 해주시면 좋겠어요. 저는 선생님이 잘해내시라 믿어요."

진하나 아나운서의 살가운 목소리가 귓구멍을 타고 가슴으로 흘러내렸다. 순간적으로 장은 술에 취한 듯 몽롱해졌다. 이는 연인이 사랑에 빠져서 옥시토신이 분비되는 상황과 같았다. 그의 귓가에 "저는 선생님이 잘해내시라 믿어요"라는 말이 무한 반복 재생이 되었다.

그날, 진하나 아나운서의 갑작스러운 제안에 장은 괄호 안에 속마음을 감춘 채 다소 사무적인 말투로 마음을 전했다.

"(당근이죠) 좀 생각할 시간을 주세요. 저에게 관심(사랑)을 가져주셔서 고맙습니다. 아나운서님, 요즘 날씨가 쌀쌀한데 감기 조심하시고 다음 강의 시간에 뵐게요. (괜찮으시다면 그날 차 한 잔 하실래요?)"

사랑의 감정과 돌발변수

며칠 뒤 장은 스튜디오에서 진하나 아나운서를 만났다. 진하나 아나운서는 자신의 일처럼 기뻐했으며 이런 저런 팁을 알려 주었다. 곧이어 장은 토크쇼 진행자로서 적합한지 카메라 테스트를 받았다. 성악가 뺨치는 아름다운 중저음 목소리와 유창하면서도 따뜻함이 배어나는 말솜씨가 펼쳐졌다. 역시나, 지켜보던 PD와 진하나 아나운서가 기쁨에 찬 눈빛을 보였다.

PD는 갯벌에서 진주조개를 찾은 격이라며 흥분을 감추지 못했다.

"장 번역가님 목소리가 좋은 건 인정해야 해요. 장 번역가님에게는 그것만 있는 게 아니에요. 소설의 스토리처럼 말이 매끄럽게 술술 나옵니다. 더구나 인격이 좋으신지 말에서 온화함도 느껴지구요."

그 말을 들은 진하나 아나운서가 재치 있게 비즈니스 홍보를 했다.

"그렇죠? 실은 장 번역가님은 내가 진행하는 스피치 강의 수강생이랍니다. 아나운서, 엠시 못지않게 말솜씨가 늘었어요."

이에 PD가 말했다.

"진하나 아나운서가 잘 가르쳤나 보네. 어디서 강의를 하고 있어? 내 조카가 아나운서 시험에 열 번 떨어졌는데 거기로 보내야겠어."

진하나 아나운서가 정말요? 하면서 환한 표정을 지었다. 이날, 장 번역가(실질적인 직업은 킬러)는 토크쇼 진행자로 합격점을 받았다. 겨우 한번 시사 교양 프로에 패널로 나왔던 사람이 갑자기 토크쇼 진행자로 수직 상승을 하다니? 라며 수용하기 힘든 분들이 있을 줄 안다. 이에 대해서는 세 가지 이유를 덧붙여보고자 한다.

첫 번째 이유는 경기가 안 좋아진 탓에 토크쇼 제작비가 크게 줄어듦에 따라 신인을 내세워보자는 내부 방침이 있었기 때문이다.

두 번째 이유는 네티즌이 시청률을 좌지우지함에 따라 인터넷에서 뜬 사람을 적극적으로 내세워보기로 했기 때문이다. 아직 확고한 인터넷 스타는 아니었지만 그네들의 촉으로 볼 때 그 가능성을 엿보았다. 돗자리를 깔아주기만 하면 충분히 스타 진행자가 될 수 있으리라 보았다.

세 번째 이유는 블라인드 심사로 오직 진행자의 실력을 보기로 했기 때문이다. 이렇게 해서 우리의 프로페셔널 미스터 장은 하루아침에 토크쇼 진행자로 '인생역전'을 이루었다!

동화일보의 종합편성 토크쇼 제목은 〈인생, 까짓거 뭐있어?〉였다. 사회, 경제, 문화 각계에서 돋보이게 활약하는 흙수저들을 초대하여 숱한 난관을 극복해 인생을 개척하는 노하우를 전해 듣자는 취지였다. 막상 초짜로서 장이 생방송을 하려면 습득해야 할 각종 방송 진행 기술이 적지 않았다. 이는 특별히 그의 지인이자, 그의 스승인 진하나 아나운서가 직접 가르쳐주기로 했다. 따라서 한 주 정도의 워밍업 시간을 가진 후, 다음 주 토요일 오후 9시에 생방송을 시작하기로 했다.

그날 귀가할 때, 진하나 아나운서가 장과 함께 1층 로비까지 내려왔다. 그러곤 로비의 커피숍에 잠깐 들렀다.

"장 선생님은 이미 토크쇼 진행자로 낙점되셨는데 굳이 내 강의를 더 들을 필요가 있을까하는 생각이 드네요. 앞으로 남은 강의는 소통을 위한 대화법에 관한 내용이에요. 이미 장 선생님이 잘하고 계시니까 들을 만한 게 있을지 의구심이 드네요. 또 대화법에서 중요한 건 내가 일주일 동안 토크쇼 연습을 지도할 때 직접 알려드릴게요. 내 말은 이제 장 선생님은 하산해도 된다는 거예요."

그 말을 듣고서 장이 대답했다.

"내가 그 정도로 실력이 좋아졌나요? 아나운서님에게 배울게 더 없다면 그렇게 하죠. 내 스피치 실력이 일취월장한 게 아나운서님 덕분입니다. 앞으로도 많이 가르쳐주세요."

진하나 아나운서가 차를 마시고 나서 말했다.

"토크쇼에서는 진행자가 말을 많이 하기보다는 많이 듣는 쪽으로 하시는 게 좋을 거예요. 경청이라는 말 아시죠?"

"경청을 하란 말씀이시죠."

"네. 내가 롤 모델로 삼고 있는 이금희 아나운서가 경청을 잘하기로 유명해요. 패널이 편한 마음으로 속이야기를 꺼낼 수 있도록 분위기를 만들어주죠. 경청을 하면서 '그렇군요', '정말요?', '대단하네요', '그래서요?'라고 맞장구를 쳐주면 더 좋습니다. 그러면 패널이 흥이 생겨서 더 많은 말을 하게 되죠. 외국의 경우에는 '토크쇼의 황제'이자 '대화의 신'이라 불리는 래리 킹이 경청을 잘하기로 유명해요."

진 아나운서가 무언가 생각난 듯 말을 이어갔다.

"참, 래리 킹 얘기가 나왔으니 그에 대한 이야기를 해드리죠. 그는 고졸 출신에 방송 경력이 없었기에 방송국에서 잡역부로 일했었어요. 하지만 방송 진행자가 되겠다는 끈질

긴 집념이 있었던 그에게 우연히 라디오 진행 기회가 왔죠. 그는 이 기회를 잘 살려 지금의 세계적인 토크쇼 진행자로 대성할 수 있었답니다. 그는 스피치로 인생역전을 한 장본인입니다. 선생님도 경청을 하면서 토크쇼를 한다면 많은 시청자분들로부터 사랑을 받을 거예요."

"네, 좋은 이야기네요. 저도 잘 할 수 있다는 자신감이 듭니다."

"워낙 바탕이 좋으시니 잘 할 거예요."

진 아나운서가 뭔가 생각난 듯이 물었다.

"장 번역가님, 번역한 책을 알 수 있을까요? 내가 선생님 이름으로 검색해보니 책이 없더라구요."

"그건 필명을 써서 그렇습니다. 필명은 장발장이예요. 검색해보면, 여러 권 나올 거예요. 다음에 뵐 때 한권 드리죠."

둘은 곧 자리를 털고 일어났다. 장은 출입문으로, 진하나 아나운서는 엘리베이터로 향했다. 집으로 돌아오면서 장은 자신이 번역한 책을 진하나 아나운서가 본다는 사실에 가슴이 떨렸다. 장은 진하나 아나운서가 찾아볼 자신의 번역한 추리 스릴러 소설 대표작 몇 권을 떠올렸다.

미국 동부에서 연쇄살인마를 추적하는 미모의 여성 변호사의 이야기를 그린 「그래도 동부에 해가 뜬다」, 북한의 핵무기를 입수한 알카에다와 미국 CIA와의 긴박한 두뇌 싸움을 그린 「김정은의 통큰 그늘」, 전직 형사가 납치된 딸을 구하러 나서면서 범죄 조직과 실감나게 맞짱 뜨는 이야기를 그린 「내 딸을 돌려 줘」, 미국 월스트리트에서 발생한 주식 재벌의 죽음에 얽힌 비밀을 추적해 가는 전직 네이비실 사설 탐정의 활약을 그린 「더 이상 주가 폭락은 없다」

장은 그 책들이 진하나 아나운서의 마음에 들지 않으면 어쩌나 조바심이 들었다. 장은 그 가운데에서 「그래도 동부에 해가 뜬다」를 진하나 아나운서에게 주기로 했다.

순식간에 시간이 흘렀다. 그동안 장은 매일 오후에 진하나 아나운서로부터 여러 가지 방송 진행 기술과 대화법을 전수받았다. 장은 엄마 얼굴 닮은 진하나와 밀착한 상태에서 꿈결 같은 시간을 보냈다. 하루하루가 가슴 떨렸다. 그에 따라 방송 진행 과외에 대한 장의 흡수력이 매우 뛰어났다. 마지막 날에는 진하나 아나운서가 안심이 된다는 말을 아끼지 않았다.

이리하여 장의 첫 생방송 토크쇼가 진행되는 날이 되었다. 장은 넥타이를 매지 않은 소탈한 정장 차림으로 카메라 앞에 섰다. 이날 평소와 달리 긴장이 되었다. 아마추어나 다름없는 그가 처음으로 생방송 진행자로 나서게 되어서였고, 그리고 혹시나 자신의 얼굴이 방송으로 나갈 경우, 자신이 어느 인간쓰레기를 처리하는 현장을 우연히 지나다가 자신과 비슷한 인상착의를 한 사람을 봤다는 사람이 나타날까 봐서였다. 이 두 가지가 복합적으로 작용해 그날따라 심장이 벌렁거렸다.

그나마 제자이자 수강생의 첫 방송을 걱정하는 진하나 아나운서가 카메라 옆에서 지켜보고 있다는 점에서 다소 안심이 되었다. 장은 진하나 아나운서가 자기 일처럼 시간을 아끼지 않고 직접 장의 생방송 스튜디오에 나와줬다는 점이 고마웠다.

이날 토크쇼에 초대된 분은 여성 사업가였다. 흙수저 출신인 그녀는 유럽으로 혈혈단신 건너가 수천억대 기업 가치의 도시락 체인점을 일구어냈다. 그녀의 삶과 역경극복 비결, 사업 마인드에 대해 듣는 자리였다.

방송 10분 전이 되어서야, 황급히 여성 기업가가 스튜디오에 들어왔다. 장과 악수를 한 후 자리에 앉았다. 그러곤 탁자 위에 놓인 질문 대본에 시선을 고정했다. 장 역시 그녀와 사전에 약속된 질문 대본을 보면서 질문 거리를 머릿속으로 정리했다.

그때 장의 스마트폰에서 진동이 전해져왔다. 재빨리 스마트폰을 꺼내 보니 용필이에게서 온 텔레그램이었다.

장, 요즘 연락도 없구 잘 지내? 그나저나 요번 건 착수금을 받은 지 벌써 한 달이 넘어가는데 왜 이렇게 지지부진이야. 할 거면 화끈하게 해라. 안 할 거면 착수금 3배로 위약금을 주던가(농담이야^^;;). 처리를 기다리는 의뢰인을 생각해서 꼭 좀 잘 해줘라. 글구 나도 먹구 살아야하지 않겠냐구.

– 그대의 영원한 동반자 & 친구 용필이가

순간적으로 장의 얼굴이 경직되었다. 장은 급히 스마트폰 전원을 끄고 주머니에 넣었다. 장은 억지 미소를 지으며 경직된 얼굴 근육을 풀려고 했다. 이마에 송골송골 땀방울이 맺혔고, 와이셔츠 안에서 훅 땀 냄새가 밀려나왔다. 그렇지 않아도 긴장 상태였던 그가 더 초조해졌다.

곧이어 생방송을 알리는 "스탠바이, 큐!"가 들렸다. 장이 눈을 크게 뜨고 자연스럽지 않은 미소를 지으면서 인사를 했다.

"안녕하세요. 오늘부터 토크쇼 '인생, 까짓거 뭐 있어?'의 진행을 맡은 번역가 장덕구입니다. 이 프로는 사회 각계에서 숱한 난관과 역경을 극복해 성공한 삶을 이룬 분들을 초대해 그분들로부터 이런저런 삶의 이야기와 성공 노하우를 듣는 자리입니다. 오늘 첫 방송에는 유럽에서 수천억 대 기업 가치의 도시락 체인점으로 성공한 재키 박 회장님을 초대했어요. 이 분은.... ”

그러곤 도시락 체인점 여성 회장님의 인사가 이어졌다. 곧바로 질문과 답변이 이어졌다. 그런 어느 순간 긴장한 나머지 장의 말이 빨라졌고, 자기 말을 많이 쏟아냈다. 그러고 나서 여성 회장님의 의견을 물었다.

이를 지켜본 진하나 아나운서가 카메라 옆에서 두 손을 들고 흔들면서 자기를 보라고 했다. 장이 우연히 당황해하는 진하나 아나운서의 얼굴을 보았다. 진하나 아나운서가 입술을 오므리면서 “경청”이라는 소리를 냈다. 그걸 본 프로페셔널 장이 자신의 잘못을 깨달았고, 심호흡을 하고 나서 제 페이스를 유지해보았다.

진하나 아나운서의 얼굴에 집중하면서 속으로 외쳤다.

‘엄마, 난 할 수 있다구요!’

다소 침착해졌다. 여유를 찾은 장은 여성 회장이 말을 하는 도중에, “아 정말요?”, “대단하시네요?”, “그래서 어떻게 하실 건대요?”라고 리액션(맞장구)을 취했다. 그러자 내내 긴장에서 벗어나지 못했던 여성 회장의 얼굴이 편해졌고, 묻지 않는 것까지 허심탄회하게 털어놓았다. 이후로 장은 꼭 필요한 질문만 간결하게 했고, 많은 시간 경청하면서 리액션을 취했다.

그 결과, 여성 회장은 물 만난 고기처럼 콧노래를 부르질 않나, 일어나서 댄스 동작을 취하지 않나 별 쇼를 다했다. 게다가 유럽에서 개고생 했다는 이야기를 할 때는 돈이 없어 샌드위치 하나로 하루를 버텼다면서 울음을 터뜨렸다. 휴지로 눈물 콧물을 닦으며 말을 이어갔다.

"여자 혼자 외국 땅에서 얼마나 고통스러웠는지 아세요? 저는 죽지 않으려고 발버둥을 쳤답니다. 그렇게 살다보니, 살아갈 방도가 생기더라구요. 이때 내가 노력하는 모습을 본 기업가들이 도움을 주는데 인색하지 않았어요. 그 결과 오늘 저는 수백 명을 거느리는 기업 대표가 될수 있었습니다."

그 모습에 제작진들도 숙연할 지경이었다. 그녀는 자신의 모든 것을 표출해냈다. 토크쇼 진행자 장이 마지막 말을 하라고 할 때는 이렇게 마무리를 했다.

"다른 곳에서는 오늘처럼 솔직한 얘기를 안했는데 여기서는 편해서 그런지 속이야기를 다 하게 되네요. 너무나 속이 후련합니다. 아무쪼록 내 얘기가 희망 없는 청춘들에게 좋은 자극이 되면 좋겠습니다. 감사합니다."

그리하여 생방송 초기의 불안함을 극복하여, 화기애애하면서도 진솔하고, 따뜻한 공감을 이끌어내는 토크쇼로 막이 내렸다. 그날, 장은 방송국을 나오면서 직원에게 「그래도 동부에 해가 뜬다」를 건네주고 진하나 아나운서에게 전달해달라고 부탁했다.

장의 토크쇼는 예상 밖으로 시청자, 네티즌들로부터 큰 호응을 이끌어냈다. 시청률은 동 시간대 Y종합 편성의 〈전에 알던 형씨들〉보다 두 배 이상 웃돌았다. 그리고 네티즌에 의해 흙수저 출신의 여성 회장이 스튜디오를 눈물바다로 만든 동영상이 무수히 퍼 날라졌으며, 그 동영상에 수많은 댓글들이 올라왔다.

사실 그 여성 회장은 이미 몇몇 공중파 방송에 출연했었는데, 그때는 진솔하게 말을 하지 못해 기업인으로서 일반인과의 거리감을 좁히지 못했다. 그래서 많은 시청자들로부터 공감을 얻는데 실패했다. 하지만 장의 토크쇼는 달랐다. 이로써 동화일보 종합편성 제작본부는 최소 비용 대비 최대 효과의 괄목한 성과를 냈다. 당연히 담당 피디는 물론 제작 본부장, 그위 동화일보 회장이 좋아서 입이 헤벌어졌다.

두 번째 토크쇼 생방송이 있는 날이었다. 진하나 아나운서가 찾아와 「그래도 동부에 해가 뜬다」를 재밌게 읽었노라 말하면서 무엇보다 토크쇼가 성공적이라면서 들뜬 표정을 지었다. 그녀는 다가와 장의 손을 잡고 기쁨을 가득 채운 두 눈동자를 보여주었다. 장도 기뻤다. 아주 오래전의 기억이 떠올랐다.

초등학교 입학해서도 한글을 떼지 못했던 장. 그가 제로에 가까운 국어 성적표를 받고 오자 엄마가 못 마땅하는 표정이었다. 그런 엄마가 특단의 조치를 내놓았다. 앞으로 한글을 떼지 못하면 절대 밖으로 나가서 놀지 못하고, 장이 좋아하는 아이스크림도 절대 맛볼 수 없다고 으름장을 놓았다. 어린 장은 곧 죽을 것 같이 울었고, 엄마는 조금도 흔들림이 없었다.

시간이 흘러 눈물이 말라붙은 장은 울며 겨자 먹기 식으로 엄마에게서 한글 교육을 받았다. 이렇게 해서 일주일이 되자, 기적처럼 장이 한글(주로 만화책의 한글)을 읽을 수 있었다. 그러자 엄마는 너무나 감동 먹은 나머지 어린 장의 두 손을 잡고 사랑을 듬뿍 담은 두 눈동자를 보여주었다. 그때의 엄마가 지금 진하나 아나운서의 얼굴에 겹쳤다. 장은 가슴이 벅찼다.

이윽고 토크쇼 생방송 촬영이 진행되었고, 장은 차질 없이 매끄럽게 진행했다. 눈을 크게 뜨는 건 습관이 되어 갔다. 두 번째 토크쇼는 중졸출신으로 검정고시를 통해 대학 법학과에 진학한 후 사법고시를 패스한 남성 변호사를 초대했다. 앞머리가 훵한 중년 변호사는 장의 경청과 재치 있는 리액션으로 속엣말을 술술 털어놨다. 홀어머니 밑에서 맏으로 자랐기에 동생들 뒷바라지를 하면서 어렵게 공부를 했다는 말을 할 때는 눈물을 보였다.

그러곤 법조인이 되고자했던 동기를 밝혔다.

"저도 한때 포기하려고 했어요. 공부하랴 돈벌랴 가족 챙기랴 몸이 두 개라도 감당하지 못할 지경이었죠. 그렇지만 법조인이 되어 저처럼 어려운 처지에 있는 분들에게 기꺼이 무료 변론을 해주겠다는 일념을 가지고 공부했습니다. 돈이 없어서 법의 보호를 받지 못하는 사람이 생긴다는 게 말이 되겠습니까? 저는 법이 부자와 빈자 모두에게 평등해야 한다고 봅니다."

두 번째 토크쇼도 성공적으로 마쳤고, 한주가 지나 세 번째 토크쇼 생방송 촬영이 진행되었다. 이번 토크쇼는 계부에게 성폭력을 당한 상처를 딛고 일어선 페미니즘 활동가를 초대했다. 한때 계부를 죽이려고 했던 여성은 결국 그를 법의 심판대 위에 세워놓았다.

여성 활동가는 자신의 상처를 아무렇지 않게 떳떳하게 이야기하면서 여성의 인권을 주장했다.

"피해자가 수치스러워하고, 가해자가 떳떳한 게 정상입니까? 저는 우리 사회가 더 이상 비정상적으로 우리 여성들을 그늘에 내몰지 말아야한다고 봐요. 우리 여성에게는 당당하게 성폭력에 대해 말하고, 성폭력자로 하여금 법의 심판을 받게 할 권리가 있어요. 그리고 성폭력 희생자인 여성의 삶이 끝장난 것으로 간주하는 가부장주의를 타파해야한다고 봅니다. 여성은 남자와 대등하게 이 사회의 일원으로서 권리를 존중받아야 해요."

이 두 방송도 높은 시청률과 함께 인터넷상에서 큰 반향을 일으켰다. 특히나 첫 방송의 시청률이 좋게 나온 걸 확인한 동화일보에서 자기네 종합편성의 시청률을 끌어올리려는 방편으로 장의 토크쇼 홍보에 열을 올렸다. 집중적으로 인터넷상에서 바이럴 마케팅을 펼치자, 유튜브에 올린 장의 토크쇼 동영상 조회수가 수백만 건에 다다랐다.

네티즌의 반응이 놀라왔다. 전자의 동영상에는 "나도 할수 있겠단 용기를 얻었어요", "헬 조선에서도 희망이 있는 듯", "개천의 용으로 인정하지만 앞으로는 보기 힘들 듯" 등등의 댓글이 수없이 달렸다. 후자의 동영상에는 여성 네티즌의 반응이 뜨거웠다. "언제까지 피해자인 여자만 속앓이를 해야 하냐", "여성 활동가의 모습이 머찌다.", "심판대도 좋지만 죽이는 것도 나쁘진 않을 거 같네요.", "언니, 저도 당당한 페미니스트가 될게요." 등의 댓글이 주르르 끝도 없이 이어졌다. 이와 함께 각종 SNS에서도 토크쇼 동영상에 대한 찬사의 글이 많이 올라왔다.

우리의 토크쇼 진행자 장에 대한 반응 역시 뜨거웠다. 동영상에 달린 댓글이 많았고, 각종 SNS에서 올린 글도 많았다. "역시, 장 엠시님의 진행 솜씨 탁월해요.", "방송을 보는 내내 마음이 훈훈해지네요.", "국내 척박한 토크 쇼 방송계에 신기원을 여신 듯" 이런 호의적인 반응이 이어지던 끝에, 장에게 '대화의 신'이라는 별칭이 생겨났다. "한국형 대화의 신이라고 할 만합니다.", "래리 킹 못지않은 대화의 신입니다", "대화의 신, 장덕구 엠시님이 진행하는 토크쇼가 기다려지네요."

이렇듯 '대화의 신'이라는 별칭이 생긴 건 그가 상대를 편하게 하면서 대화를 이끌어 나가는 솜씨가 일품이기 때문이었다. 일방적으로 자기 말만 하는 게 아니라 경청모드로 상대가 하고 싶은 말을 다 할 수 있게 만들어 주기 때문이었다. 그러면서 장이 말을 할 때 들어보면, 목소리가 너무 좋고 또 군더더기 없이 간결하기 때문이었다. 이로써 장은 이 바닥(시사 교양 프로 방송계)에서 일약 스타덤에 올랐다.

그런 어느 날이다. 토크쇼 생방송을 마치고 돌아오는 장에게 진하나 아나운서가 잠깐 보자며 문자를 보냈다. 둘은 동화일보 건물을 나와 청계천을 걸었다. 차가운 겨울 공기가 흐르고 있었다. 가로등 불빛이 환했기에, 늦은 시간에 산책하는 사람들과 데이트하는 사람들이 적지 않았다.

둘은 5분여 걷다가, 벤치에 앉았다. 졸졸졸 흐르는 물소리가 시원했다. 그동안 진하나 아나운서가 장의 토크쇼를 빠짐

없이 보고 진행자로서 고쳐야할 점을 꼼꼼히 알려주었다. 주로 전화와 문자로.

진하나 아나운서가 입을 열었다.

"앞으로 잘 하실 거예요. 워낙에 기본기가 탄탄하시니까요."

"그래도 진하나 아나운서가 옆에서 많은 힘이 되었죠."

진하나 아나운서가 방긋 웃고 나서 결심한 듯 말했다.

"저 동화일보 종합편성 뉴스를 그만 둬요."

"네? 무슨 말이죠?"

"이번 주에 퇴사하기로 했어요."

놀란 눈으로 장이 진하나 아나운서를 바라보았다. 그러자 나쁜 일 때문이 아니라면서 진하나 아나운서가 다소곳이 말했다.

"내년 대통령 선거잖아요. 그래서 내가 지지하는 변희태 대통령 출마 후보님의 캠프에서 일하기로 했어요. 서민이 살기 좋은 세상을 만드는 데 조금이라도 보탬이 되고자 고심 끝에 결심했어요. 실은 그 후보님이 외삼촌이에요. 평소 서민들을 위해 좋은 일 많이 하셨는데, 이번 대통령 선거에서 꼭 당선되는 데 내가 자그나마 도움을 드리려구요."

장의 속에서 저절로 "이런 썩을 된장"이라는 욕이 나왔다. 하지만 내색을 하지 않고 입을 열었다.

"변희태 국회의원이 외삼촌이라니 깜짝 놀랐어요. 그런 사실이 언론으로 공개가 되지 않은 걸로 아는데요."

"내가 유별나게 보이는 게 싫어서 공개하지 않아왔어요. 외삼촌도 공개를 안 하셨구요."

"그랬군요."

장은 착잡했다. 마포흥신소에서 이제나 저제나 장의 인간 쓰레기 처리를 기다리고 있는 판국에 돌발 변수가 등장한 거다. 그것도 매우 파워가 센 돌발 변수였다. 이제 장은 엄마 얼굴을 쏙 **빼닮은** 진하나 아나운서의 외삼촌을 처리해야 했다. 말더듬을 고치면서 성격이 좋아진 프로페셔널 장으로서 참으로 쉽지 않은 일이 돼버리고 말았다.

개쓰레기 변희태 처리는 마치 엄마의 외삼촌을 처리하는 것과 비슷해져버렸다. 그동안 진하나 아나운서는 장의 인생역전에 많은 도움을 주었는데 어떻게 그녀의 외삼촌을? 장은 혼란스러웠다. 변희태가 진하나 아나운서의 외삼촌이라는 사실을 알고 난 후부터 장은 쭉 경청과 형식적인 리액션 위주로 진하나와의 대화를 이어갔다. 할 말을 잃어버렸기 때문이다.

대화의 신

장, 요즘 잘나가대. 킬러가 스타 엠시가 될 줄 꿈에도 생각하지 못했다. 인터넷에 너 사진이 쫘르르 나오던데 사람들이 네 얼굴을 다 알아보겠더라. ㅜ .....자슥아 미쳤나. 너 지금 나잡아가라고 광고하는 기가. 감방 가려믄 니 혼자 가믄 됐지. 너 때문에 나도 콩밥 먹으면 우짤라고 그로노. 송충이는 솔잎만 묵어야한다는 말이 있다. 제발 정신 차리고 본업에 충실해라.

　　－ 그대를 진심으로 걱정하는 동반자 & 친구 용필이가

장이 사무실에서 그 텔레그램 문자를 몇 번이나 곱씹어봤다. 처음 그걸 받았을 때는 이게 나 때문에 먹고 사는 주제에 어디서 이래라 저래라야? 하면서 화가 치밀어 올랐다. 그러곤 용필이가 좋아하는 갈비탕으로 유인해 쥐도 새도 모르게 처리해버릴까 하는, 상도를 저버리는 생각이 들었다.

그런데 그 문자를 읽을수록 일리가 있어보였다. 어쩌다가 세상 그 누구보다 신상을 은밀하게 다루어야 할 프로페셔널 킬러가 자신을 만방에 까발리고 있는가? 하는 자성의 목소리가 슬그머니 목청에서 올라 나왔다. 그래, 용필이 말대로 지금 나는 미친 행동을 하는지 모른다는 생각이 들었다. 자칫 잘못하다가는 강력 범죄자 체포 경력이 풍부한 베테랑 형사의 주파수에 걸려들지 모르는 일이었다.

'토크쇼 스타 진행자의 인상착의가 저번에 생긴 자살로 위장한 살인 사건 현장의 목격자가 말하는 용의자 인상착의와 비슷하네.'

라거나

'가만, 저 진행자가 최근 자살 사고가 발생한 현장 주변의 CCTV에 자주 잡힌다 말이야. 뭔가 냄새가 나는 듯한데.'

라면서 장을 용의 선상에 올려놓을 수 있었다. 모름지기 직업상 장은 세상 사람들의 이목을 끄는 일을 삼가는 게 바람직했다. 그래야 법망을 피해 완전 범죄를 꾀할 수 있었다. 장은 생각할수록 번민에 휩싸였다. 자고 일어나 봤더니 장은 그야말로 스타가 되어 버린 것이다. 이런 것은 정말 원하지 않았다. 그런데 그건 부정할 수 없는 현실이 되어버렸다.

장의 머릿속으로 필름이 거꾸로 돌아갔다. 어쩌다 토크

쇼 스타엠시가 되었는지 시간을 거꾸로 돌려보았다. 머지않아 결론에 다다랐다. 장이 진하나 아나운서가 강의하는 압구정 인생역전 스피치학원에 등록한 게 결국에 스타 엠시 장을 만든 일의 계기였다. 그 학원에 등록하지 않고, 진하나 아나운서를 만나지 않았다면 현재 장은 본직에 충실한 길을 걸어가고 있을 터였다.

하지만 곰곰이 생각해보면 나쁘게 볼 것도 아니었다. 그 학원에 등록한 이유는 진하나 아나운서가 엄마를 쏙 빼닮았기 때문이다. 그리고 장이 학원에 다니면서 불치병과 다름없는 말더듬을 완치할 수 있었으며 더 나아가 뛰어난 말솜씨를 자랑하기에 이르렀다. 온화한 성격이 된 건 보너스였고 말이다. 이는 엄마를 닮은 진하나 아나운서 덕이다. 그녀의 관심과 격려는 곧 엄마의 관심과 격려에 다름 아니었기에, 장은 눈부시게 스피치 실력이 성장할 수 있었다.

누군가 장에게 "프로 킬러의 신상을 비밀 보장해주는 대가로 예전처럼 말더듬 시절로 돌아갈래?"라고 물어온다면, 단호하게 이렇게 대답할 거였다.

"절대 그럴 일이 없어."

그렇다. 장은 말더듬을 고친 현재의 자신에 만족하고 있었다. 그 반대급부로 프로 킬러의 얼굴이 지나치게 외부에 까발려졌다!

　장은 결단을 내려야겠다고 생각했다. 장은 용필이에게 사무실에서 보자고 문자를 보냈다. 그러곤 오줌냄새, 쥐똥 냄새 풍기는 낡은 상가 건물의 마포흥신소 사무실로 향했다. 사무실 안에 들어서자, 담배 연기가 그득했다. 아르바이트하는 노랑머리와 오토바이 라이딩자켓이 건들거리고 있었다. 그날따라 두 아르바이트생이 예의 없게 쬐려보았다.

　오토바이 라이딩자켓이 악수를 청하면서 말했다.

　"스타 엠시께서 오셨는데 사인이라도 받아야겠습니다."

　버르장머리 없는 소리를 하기에, 장이 미간을 찌푸렸다. 녀석이 놀란 쥐새끼처럼 찔끔하고는 구석으로 뒷걸음쳤다. 의자에 두 다리를 포개어 걸쳐놓고 안락의자에 누워있던 용필이도 눈빛이 곱지 않았다. 성가시다는 듯 잔뜩 인상을 찌푸리면서 두 다리를 천천히 바닥에 내렸다. 그러곤 아그 두 명에게 나가있으라는 눈짓을 하고 나서 그 자리에 앉은 채로 장을 맞이했다. 착수금을 받고도 일이 진행되지 않는 것에 대해 불만을 표시하는 듯했다.

　용필이가 말했다.

　"악수는 생략하고 본론을 얘기하자구. 씨발. 설마 계약해지하러 온 거 아니겠지?"

장은 아무 말도 하지 않았다. 그런 건 생각해보지 않았다. 장은 조심스레 입을 열었다.

"의뢰인은 계약 이후에 다른 말이 없지?"

"당연하지. 계약 해지 시 착수금을 돌려받지 못하는데 감히 해지하겠어? 좆같이 해지니 뭐니 헛소리를 했다간 내가 경찰에 찔러 바친다고 협박을 할 건데 어쩔 거냐구? 게다가 일단 내가 협박을 하면 의뢰비의 총 50프로까지 받아먹을 수 있는데 말이지."

"내 말은 의뢰인이 자발적으로 계속 같은 의사냐구?"

"지금 뭔 얘기하는 거야? 씨발. 이제 보니, 너 딴 맘 갖고 있는 거 같다. 몇 달 전부터 말을 잘 하기 시작하면서 사람이 조금씩 변하는가 싶더니 이번에 방송계 스타 엠시로 뜨니까, 이젠 더럽고 흉한 일에서 손을 떼고 싶다 이 말 아니야? 그럼 애초에 시작을 말지. 네가 하도 부탁해가지고 시작한 일인데 이제 와서 네가 안하겠다면 어떡하냐고. 개새꺄."

장이 심사가 좋지 않았다. 경찰에게 인간쓰레기 처리가 발각되는 최악의 일이 벌어질 경우, 모든 잘못을 장에게 덮어씌우려는 그의 심보였다. 장이 도널드 트럼프처럼 엄지 검지를 모은 채로 자기주장을 펼치기 시작했다.

"자네 주장이 일리가 있지만, 이제는 자네와 나는 범죄 가담률이 50대 50이나 마찬가지야. 자네가 의뢰를 끊어버렸으면 진작에 나는 이일에서 손을 뗐을 건데 자네가 꾸준히 연결해줘서 내가 여기까지 오게 된 거야. 명심해야 할 건 자네나 나나 철창 행을 필할 수 없다는 점이야. 그러니까 사돈 남 말하듯이 네가 더 나쁜 놈이다라고 말하는 건 무의미해. 이때까지 그래왔듯이 앞으로도 자네와 나는 한배에 탄 것처럼 일심동체가 되어야한다구.

그런 의미에서 자네와 나 사이에 일말의 오해 소지가 있어서는 곤란해. 내가 오늘 여기에 온 이유가 그것 때문이야. 예정보다 처리가 지연되고 있는 데 대한 내 책임감도 있고 해서 자네를 직접 만나서 돌파구를 마련해보려고 한 거야. 그러니까 우리는 한 형제라는 생각으로..."

여기까지 바리톤 목소리에 탑재된 유려한 장의 말솜씨가 발휘되자, 용필이 입이 쩍 벌어졌다. 그는 인터넷 동영상에서 봤을 때 경탄을 금치 못했던 장의 빼어난 말솜씨를 직접 경험했다.

그는 어릴 때 우연히 호빵을 얻어먹으러 교회에 들어갔을 때가 떠올랐다. 추운 겨울, 시골 변두리에 생긴 지 얼마 안 된 교회의 마룻바닥에 앉아 뜨끈뜨끈한 호빵을 손에 들고 있던 어린 용필이. 생전 처음 맛보는 달콤한 음식으로 배를 호강시키자 그의 귀에서 목사의 설교가 팡파르처럼 들려왔다.

"회개하라. 형제들아, 천국이 가까이 왔느니라."

이 말을 시작으로 눈부신 대머리 목사의 설교가 이어졌다. 그때의 황홀함이, 용필이의 뇌리에 각인되어 있었다. 세월이 지나 잊혔던 그때의 눈부신 경험을, 오늘 이 자리에서 다시 맛보게 되었다.

"니 정말 말 하나는 죽이게 잘한다. 참말로 놀랍다. 씨발. 요요요용필이라고 나를 부를 때가 엊그젠데 이제는 진짜배기 방송 엠시가 다 됐네. 니는 목사해도 잘 하겠다. 나 같은 전직 조폭도 감탄할 말솜씨면 틀림없이 많은 사람들이 졸졸 따라올 거다. 이참에 신흥 종교를 만들면 어떨까나? 네가 교주하고 내가 선교부장을 하든 딱이다. 너도 잘 알겠지만 교회 십일조로 매주 들어오는 돈이 막대하고 세금도 내지 않는단다. 씨발 좆같이. 어때 같이 오십 대 오십으로 해볼껴?"

듣고 있던 장이 자세를 고쳤다. 그걸 본 용필이가 상대편에서 뭔가 날아올까 봐 고개를 움츠렸다.

"농담이야. 그냥해본 소리라구. 나두 먹구 살기가 팍팍해서 말이야. 요즘 자영업자들 장사 안 된다고 난리잖아. 어찌나 장사가 안 되는지 이 싸구려 상가의 사무실도 많이 비었어. 나도 까딱 잘못하면 사무실 비워야할지 몰라."

용필이가 '자영업자 폐업 대란'이라는 큼지막한 기사 타이

틀이 적힌 동화일보 신문을 보란 듯이 펼쳤다.

"너 동화일보 종합편성에서 토크쇼하잖아? 이 신문 기사를 잘 봐라."

장의 눈에 또렷하게 그 기사 제목이 들어왔다. 하필 자신을 스타로 만들어준 그 신문사의 신문이었다. 장이 로댕의 생각하는 사람 비슷한 자세를 했다. 문제는 그 변태, 변희태 국회의원이 진하나 아나운서의 외삼촌이라는 점이었다. 엄마의 나쁜 짓하면 못써요, 착한 어린이는 엄마 말씀 잘 들어야 해요라고 말하는 목소리가 들리는 듯했다.

생각하는 자세의 장이 어금니를 깨물고, 용필이의 얼굴을 쳐다봤다. 그가 실실 웃고 있었다. 친구 끼리 약속이 젤로 중요하다, 약속을 저버리면 다신 너하곤 안 논다, 글구 네가 한 못된 짓 경찰에 다 일러바칠거다라고 말하는 듯했다. 야비하고도 잔대가리 발달된 용필이었다.

장이 생각하는 자세를 풀었다. 그러곤 결심한 듯이 말했다.

"잘 알겠어. 자네도 먹구 살아야하고, 나도 인간쓰레기 처리를 하여 하루빨리 사회 미화 도모하고 돈을 벌어야지. 여기 찾아오길 잘 한 것 같다. 생각이 잘 정리됐어. 더 시간을 끌지 말아야겠다는 생각이 든다. 그래, 앞으로 이 주만 더 시간을 주라. 그 안에 끝낼게."

196

용필이가 푸짐한 갈비탕이 생각난 듯 침을 꿀꺽 삼켰다. 장은 돌아오면서 최대 기간을 이 주로 잡되 빠르면 일주일 내에 끝내기로 마음먹었다.

장은 역시 프로페셔널이었다. 살인 병기나 다름없는 그에겐 피붙이 엄마의 따끔한 꾸중도 별 소용이 없는 게 마땅했다. 우리의 장 프로는 그리하여 말을 자유자재로 하면서부터 서서히 생겨난 마음의 온화함을 깔아뭉개버리리라 마음먹었다. 다시금 냉혹 잔인 비정의 삼박자로 무장하기로 했다. 만약, 그게 마음같이 쉽지 않다면 기꺼이 허벅지를 사시미 칼로 베는 고통을 감내해보기로 했다. 그리하여 하루속히 킬러의 날카로운 본능을 되찾겠노라 했다.

그게 그리 쉽지 않았다. 말더듬에서 완벽히 탈출한 것은 물론이요 일명, '대화의 신'으로까지 칭송받는 말의 달인이 된 장. 어느덧 그와 세상 사이의 벽이 허물어진 듯했다.

말더듬증을 앓을 때는 자신과 세상이 서로 대립되었고, 자신을 껴안지 않는 세상과 혼자 맞짱 뜨는 기분으로 살아왔다. 평균적인 구성원으로 그를 온전히 받아들여주지 않은 세상은 장에게 복수심을 일으켰다. 가만 지켜보니, 자신을 병원균 환자처럼 따돌리는 세상에 자신보다 더 치명적인 병원균을 가지고 있는 사람들이 있었다. 인간쓰레기들 말이다. 복수심에 들끓던 장에게 그들은 사냥감으로 다가왔다. 돈도 벌면서 처리하여 사회 미화한다는 명분도 얻고 말이다.

그런데 밑간데 없던 분노와 복수심이 눈 녹듯 사라졌다. 마치 야생의 사자에게 야성이 사라진 것과 같았다. 지천으로 널린 먹잇감이던 동물들이 이제는 다 동료로 다가왔다. 함께 들판에서 어울려야하는 형제로 바뀌었다. 이때 치명적인 문제 두 가지가 생긴다. 하나는 사자가 먹을 게 없어서 굶어죽게 된다는 거였다. 다른 하나는 먹이사슬 최상위층 동물로서 먹이를 제때 처리하지 않아서 먹이사슬 바로 밑의 동물들이 비대하게 확산됨으로써 생태계 교란이 일어난다는 거였다. 사자는 사자다워야 했다. 그게 자연계의 순리다. 그래야 자기도 살고, 생태계 질서도 유지된다.

장은 특별한 조치를 취해야했다. 돈도 벌고, 사회 미화의 명분을 지키기 위해 킬러로서의 야성을 회복하기로 했다. 네 가지 조치가 나왔다.

첫 번째는 잔혹한 살인 영화를 반복해서 보는 거였다. 참고로 잔혹한 스토리의 게임도 해보려고 했지만 늦은 나이에 접근하기가 쉽지 않았다. 영화 장면 중에 살인하는 장면을 집중해서 보고, 공포에 떠는 피살자의 얼굴을 무심하게 바라보았다.

두 번째는 오다가다 마주치는 평범한 사람을 죽이는 이미지 트레이닝을 하는 거였다. 가능하면 착해 보이는 사람을 골라 그가 사실은 극악무도한 범죄자라는 생각을 주입하여, 이등분, 삼등분, 사등분 내는 이미지 훈련을 했다.

세 번째는 동물의 피 냄새를 맡는 거였다. 주로 장이 좋아하는 돼지고기 삼 인분을 사서 피 냄새를 맡으며 처리 과정에서 생길 피를 연상했다.

네 번째는 변태 변희태의 사진을 보면서 쳐 죽일 놈 썩을 놈 능지처참할 놈이라고 욕하면서 분노심이 활활 타오르게 했다. 이를 하도 많이 했더니 장은 잠꼬대를 할 때도 그 작자에게 욕을 해댔다. 이렇게 촘촘하게 냉혹 잔인 비정 삼박자 무장하기 훈련을 해나가자 서서히 예전의 자신으로 돌아가고 있었다.

그런 어느 하루, 장은 거울 속에 비친 자신의 눈빛에서 냉혹 잔인 비정의 야성을 발견하고는 오랜만에 프로다운 차가운 미소를 지었다.

'그래, 바로 이거야. 내 본 모습. 마지막 의뢰를 처리할 때까지 잘 간수하자.'

이후 장은 토요일 생방송 토크쇼의 진행자로 나설 때를 제외하곤 온전히 프로페셔널 킬러로서 생활했다. 변희태 처리 건에 집중하면서, 그것을 완벽히 진행하기 위해 온 정신을 가다듬어나갔다. 장이 제일 먼저 한 건 변희태의 동선 파악이었다. 아쉽게도 그의 동선 파악이 쉽지 않았다.

더욱이 현재 그는 전국을 무대로 움직이고 있었는데, 여권 차기 대통령 유력 후보자에 대한 신변 경호가 더욱 강화되었다. 올해 한 달만 지나면 사실상 백 미터 달리기 식으로 본격 유세가 펼쳐질 터였다. 이렇게 되면 더더욱 그에게 접근하는 게 어려워질 수밖에 없었다.

얼마 전 장은 신문 기사를 통해 변희태 국회의원의 경호 인력에 대한 정보를 얻을 수 있었다. 경호 실장은 정체 불명의 무술 단체 대표였다. 그에 대한 자료를 더 조사해보니, 그는 국기원으로부터 제명된 태권도 사범이었다. 장이 보기에, 생소한 이름의 무술 단체를 만든 그가 자신의 무술단체를 사업화시키기 위한 방편으로 차기 유력 대통령 후보자에게 줄을 대는 것 같았다. 그 자신의 말에 따르면 태권도, 합기도, 유도, 불무도, 고려검도, 특공무술 등 무술 합계 30단이 넘는다고 했다. 혼자서 광안리 모래사장에서 깡패 20명을 때려눕혔다는 믿거나 말거나 소문이 자자하다는 것이다.

장은 신문에 나온 그의 발차기 포즈를 보면서, 이 정도면 한번 해볼 만하겠다고 생각했다. 장은 쓸데없이 정공법을 구사할 생각이 없었다. 그와 장이 딱 둘이서 붙게 될 경우, 장은 품에서 전기충격기를 꺼내 단박에 그를 꿈나라로 보낼 요량이었다. 프로페셔널로서 최소 비용 대비 최대 효과가 중요하기 때문이다.

문제는 그가 데리고 다니는 동생들이었다. 다부진 체격의 동생들 숫자가 30여 명은 되었다. 그러니까 변희태가 나타나는 공식 석상에는 30여 명 경호원들이 촘촘하게 둘러싸고 주위를 경계하고 있다는 말이다. 그 동생들은 다들 호신 무기들을 소지하고 있을 터이고 말이다. 따라서 이들과의 전면전은 어떤 식으로든지 피해야했다.

장은 실제로 공개 석상에서 변희태 국회의원에 대한 경호가 어떻게 진행되는지 파악하고 싶었다. 몇 차례 그 국회의원이 나오는 공개 행사에 찾아갔다. 서울과 경기도에서 열린 '위대한 국민과의 동행'이라는 행사였다. 체육관, 대형 세미나실 등에서 토크쇼 형태로 열렸는데, 하늘을 찌를 듯한 그의 인기를 보여주듯 구름떼처럼 사람들이 몰려들었다. 그곳에 장은 한 명의 방청객으로 참석했다. 역시나 물샐 틈 없는 탄탄한 경호가 이루어졌다. 선글라스를 착용한 경호원들이 항상 그 국회의원 근접 거리에서 주위를 살피고 있었다.

서울에서 열린 토크쇼에서, 장은 그 국회의원에게 돌발

적으로 다가가 경호원이 어떻게 대응하는지 알아보기로 했다. 토크쇼가 끝날 즈음, 선글라스를 낀 장이 무대 쪽으로 다가갔다.

"변희태 국회의원님 팬입니다. 저와 사진 한 장 찍어주십시오."

한손에 스마트폰을 들고 말했다. 그러자 순식간에 서너 명의 경호원이 장을 에워싸고는 제지했다. 그러곤 스마트폰을 뺏어서 확인을 하고 나서 돌려주었다.

곧바로 그들 중 팀장으로 보이는 사람이 말했다.

"예정에 없는 사진 촬영은 경호상 허락할 수 없습니다. 이는 차기 국가 지도자의 신변을 보호하는 차원이므로 양해를 부탁드립니다. 우리 국민이 차기 대통령 후보를 앞장서서 보호해 드려야 합니다."

빈틈이 없었다. 이와 함께 경기도에서 행사가 열릴 때, 우연히 장의 시선에 경호원의 신속한 위기 대처 능력이 포착되었다. 이는 그날 저녁 뉴스에 나왔다.

변희태 국회의원이 체육관에서 나와 시민들과 악수를 하고 있었다. 장은 먼 거리에서 지켜보고 있었다. 이때 변희태를 향해 날달걀 한 개가 투척 되었다. 날달걀이 그의 얼굴로 향해 날아올 때 경호원 한 명이 국회의원을 감싸며 자신의 등으로 막았다. 그러곤 매뉴얼이 있는 듯, 일사불란하게 경호원이 국회의원을 에워싼 후 에쿠스 안으로 피신시켰고, 곧바로 차가 현장을 떠났다. 불과 몇 초 사이에 일어난 일이었다. 경호원들은 괜히 폼 나게 정장을 입고 선글라스를 쓴 게 아니었다. 그들은 숙련된 실력자였다.

이들의 촘촘하고 민첩한 경호는 그의 자택과 대선 캠프 사무실에서도 마찬가지였다. 자택에는 항시 경호원 십여 명이 돌아가면서 24시 경호를 했으며, 주기적으로 순찰차가 지나가고 있었다. 대선 캠프 사무실에는 그가 머무는 동안 남은 인력들이 총동원되어 2중 3중으로 경호하고 있었다.

한번은 장이 자장면 배달부로 위장해, 대선 캠프 사무실 가까이 접근했다. 야구 모자를 쓰고 어리버리하게 보이려고 코 옆에 큰 점을 찍어놓았다. 그러곤 장은 경호원들이 어슬렁거리는 로비에서 엘리베이터를 타고 사무실이 있는 층에서 내렸다. 사무실 입구에 건장한 체격의 경호원 둘이 서 있었다. 장은 비교적 온순해 보이는 경호원 한명에게 다가가 말했다.

"자장면 배달 왔는데요."

그가 대뜸 말했다.

"어느 가겐데? 전화번호 뭐야?"

아무 배달부나 함부로 그곳을 드나들 수 있는 구조가 아니었다. 배달집도 정해져 있었고, 그 집 배달부만이 사무실에 접근할 수 있었다.

"청와반점, 02 778 8989입니다."

"뭐여? 그 딴 데에서는 주문하지 않아. 너 누구야?"

"아이고 내가 잘못 온 것 같네요. 508호를 찾아왔는데."

"여긴 608호야. 당장 꺼져."

이리하여 뾰족한 처리 방안을 세우지 못한 채 또 한주가 지났다. 그 사이에 장은 네 번째 토크쇼를 진행했다.

네 번째 토크쇼 초대자는 고졸 여경에서 시작해 총경이 된 화제의 인물이었다. 찢어지게 가난한 집안에서 태어난 그 여성은 대학 진학을 일찌감치 포기해 여상에 진학했단다. 그러곤 여경으로 사회생활을 시작했는데 특이하게 강력계 형사를 자처하여 발군의 실력을 발휘해 승승장구했단다. 그날따라 장은 생방송 내내 식은땀이 났고, 오줌이 마려웠다.

특히, 여총경님께서 이 말을 할 때는 더욱 그랬다.

"내 강력계 형사 경력을 통해서 볼 때 범죄자는 우리 주변 가까이에 있다는 겁니다. 이외로 일상생활에서 자주 부딪히는 사람이 강력 범죄자인 경우가 허다합니다. 왜냐하면 희생자 입장에서는 그런 사람에게 경계심이 덜 하기 때문에 범죄 희생양이 되기 쉽기 때문입니다."

이 말을 하면서 여총경님께서는 장의 눈을 정면으로 마주쳤다. 그러곤 스타 엠시, '대화의 신'이라는 별칭과 어울리지 않게 땀 흘리면서 안절부절못하는 표정을 대수롭지 않게 넘기지 않는 듯한 눈치를 보였다. 그 예사롭지 않은 눈치를, 장이 또한 놓칠 리 만무했다. 프로는 프로를 알아보는 법!

토크쇼가 마무리될 때가 되자, 강력계 출신 여총경님께서 시민 안전 당부의 말씀을 하셨다.

"요즘, 경제가 너무 어렵다보니 흉악 범죄가 많이 생기고 있습니다. 특히나 심부름센터, 흥신소에서 돈을 받고 미풍양속을 저해하고 법의 질서를 파괴하는 불법 행위를 대신해주고 있다는 첩보를 입수했습니다. 현재, 우리 경찰 강력계에서는 대대적으로 단속 강화에 들어갈 예정입니다. 시민 여러분께서는 이들 심부름센터, 흥신소에 절대 불법적인 일을 의뢰하지 마시길 바랍니다."

그 말을 듣는 순간, 장의 머리가 깜깜해졌다. 하지만 벌써 수 차례 생방송을 진행해 오면서 순발력을 익히고 방송용 강심장을 단련해온 터, 장은 이내 정신을 차렸다. 그러곤 실수를 범하지 않고 토크쇼를 잘 마무리했다. 생방송이 끝나자, 관찰력 깊으신 총경님께서 친히 장에게 다가

와 악수를 권했다.

그러면서 예리한 촉으로 장의 식은땀과 떨리는 손을 놓치지 않고 말했다.

"혹시..."

장의 가슴이 벌렁거렸다.

"네에?"

"화장실이 급하셨나보네요. 생방송 진행하다보면 별일 다 생기겠죠. 저도 잠복근무할 때 볼일 때문에 고충을 많이 겪어봤습니다. 그럼 어서 볼일 보세요. 저는 그럼 이만. 오늘 현장에 가볼 데가 있습니다."

장의 목구멍에서 한숨이 흘러나왔다.

"휴."

그날 역시 생방송 시청률이 높았으며 네티즌의 반응이 뜨거웠다. 역시나 동영상 조회수가 수백만 건에 이르렀으며 수많은 곳으로 퍼날라졌다. 동영상 하단에는 "게스트를 너무나 편하게 한다", "경청하는 자세를 배우고 싶다", "간간이 들리는 장 진행자의 바리톤 중저음 목소리가 넘 섹시하다", "역시, 대화의 신!" 등의 댓글이 무수하게 올라왔다.

그리고 네티즌은 SNS에 토크쇼 방송 화면을 캡처한 사진을 올리는 것과 함께 "대화의 신, 이번에도 기대를 저버리지 않았다(땀을 좀 흘리긴 했지만)", "우리 대화의 신이 미국의 토크쇼 황제 래리 킹을 넘어섰다", "매끄러운 방송 진행 솜씨 최고, 역시, 대화의 신이다"고 칭찬을 아끼지 않다가 "장 엠시처럼 근사한 목소리에 자상한 말솜씨를 가진 남성과 데이트를 한번 해봤음 좋겠다"라고 사심을 드러내기도 했다.

13

쌍칼의 습격과 아여린 죽음의 진실

변희태를 처리할 기회는 전혀 예기치 않은 곳에서 나왔다. 진하나 전 아나운서에게서 전화 한 통이 왔다. 그간 동화일보 종합채널 아나운서를 그만 둔 그녀는 변희태 국회의원의 대변인으로 활동하고 있었다.

그녀에게서 뜻밖의 이야기를 전해 들었다.

"장 엠시님, 잘 지내시죠? 토크쇼 꼬박꼬박 보고 있는데 이젠 프로가 다된 것 같더라구요. 저 같으면 실수를 할 부분에서도 재치 있게 잘 처리하는 것을 보면 감탄할 때가 많아요. 더욱이 게스트와 공감을 형성하면서 게스트 가슴속의 이야기를 끌어내는 솜씨는 정말 대단해요. 괜히 사람들이 장 엠시님을 '대화의 신'이라고 부르는 게 아니라는 생각이 드네요. 참, 좋은 소식이 있어요. 내 외삼촌이 변희태 의원님인 거 잘 아시죠? 의원님이 한번 장 엠시님을 뵙고 싶다고 해요. 내가 잘 안다고 하니까 훌륭한 방송인과 차 한 잔하고 싶답니다."

"그분이 저랑요?"

"네, 의원님이 요즘 매우 바쁘신데 장 엠시님을 꼭 만나보겠다고 해요. 꼭 한번 뵈었으면 좋겠네요."

잠깐 머뭇거리다가 입을 열었다.

"좋습니다. 조만간 뵙죠."

전화를 끊고 난 장은 입맛을 다셨다. 토끼가 자기 토굴로 온순한 토끼로 변장한 호랑이를 초대하는 것과 진배없었다. 호랑이는 치명적인 이빨과 발톱을 숨긴 채 그 안으로 들어간 후, 방심한 틈을 노려 한입에 토끼를 잡숴버리면 된다.

일말의 껄끄러움이 없는 건 아니었다. 처리해야할 그가 진하나의 외삼촌이 아니던가? 더욱이 장의 정체도 모른 채 장을 처리 대상인 외삼촌 앞에 데리고 왔다는 걸 나중에 진하나 전 아나운서가 알게 된다면 얼마나 큰 배신감과 죄책감에 시달리겠는가? 진하나 얼굴 위로 엄마 얼굴이 떠오르면서, 엄마의 음성이 들렸다.

'아이고 이놈이 자식아. 엄마를 속여도 유분수이지. 너 어쩌려고 그런 못된 짓을 했어. 오늘 너 죽고 나 죽자.'

그러곤 울부짖음이 이어지는 듯했다. 가슴이 뜨끔했다. 하지만 최근 집중적으로 냉혈한으로 담금질을 해온 탓에, 그런 생각은 금세 지워졌다. 번민은 한줄기의 바람처럼 스쳐지나갔다.

며칠 후, 장은 대선 캠프인 그 국회의원 사무실로 찾아
갔다. 가는 도중에 진하나 전 아나운서 현 변희태 여권 유
력 대통령 후보자 대변인과 문자로 연락을 주고받았다. 장
이 또각또각 걸어서 사무실 앞에 걸어가자 건장한 체격의 경
호원 두 명이 그를 제지했다. 장이 변희태 국회의원과 약속
이 있다고 하자, 무전기로 누군가와 연락을 하고 나서 잠
시 기다리라고 했다.

이윽고 진하나 대변인이 나타났다.

"시간 딱 맞춰서 오셨네요."

그녀의 안내로 안으로 들어섰다. 경호원들은 크게 신경
을 쓰지 않는 듯했다. 둘은 기다란 응접 테이블이 놓인 큰 방
으로 들어갔다. 그 국회의원의 모습이 보이지 않았다. 차
를 내오면서, 진하나 대변인이 말했다.

"지금, 의원님이 오고 계신다고 해요. 오늘 일정이 매
우 빡빡했거든요. 일행과 근처 식당에서 늦은 점심을 하고
서 곧바로 오고 있답니다. 저는 장 엠시님과 의원님의 약
속 때문에 미리 와서 대기하고 있었어요."

"바쁘신 분인데, 내가 시간을 뺏는 건 아닌지 죄송스럽네
요."

진하나 대변인이 손을 좌우로 흔들었다.

"아녜요. 의원님께서 꼭 시간을 내고 싶다고 했어요."

진하나 대변인이 바쁜 용무가 있는지 밖으로 나갔다. 방 안을 둘러보았다. 현 대통령과 함께 둘이 찍은 대형 사진과 정치적 구호가 적힌 현수막이 벽에 걸려 있었다. 그 옆에 커다란 독사진이 있었는데 사진 밑에 '서민의 대변자, 국민의 일꾼 변희태'라는 글귀가 적혀 있었다. 그것을 보면서 여러 가지 잡생각에 빠졌다.

이십여 분이 흘렀을까? 밖에서 큰 목소리로 떠드는 소리가 들리더니 방문이 열렸다.

"아이고, 장 엠시님 기다리게 해서 미안합니다."

그가 다가와 악수를 청했다. 그는 힘줘서 손을 잡고 흔들어댔다. 권력을 향유하는 정치인임을 과시하는 듯했다.

"요즘 유세 활동을 하느라 경황이 없으실 텐데 시간 내주셔서 영광입니다."

"올해까진 좀 시간이 있습니다. 이제 곧 해가 바뀌면 눈코 뜰 새 없을 겁니다. 이게 다 나라다운 나라, 서민이 살기 좋은 나라를 만들기 위해서 하는 일이죠. 이 한 몸 희생해서 더 정의로운 나라를 만들 수 있다면 저는 백 번 죽어도 여한이 없습니다."

장이 겉으로 그렇죠, 대단하십니다라는 표정을 지었

다. 그러곤 경청하는 자세를 취하자마자, 그가 말을 하는데 일가견이 있다는 듯이 말을 마구 쏟아냈다. 묻지 않았고, 관심 있지도 않은 정치 이야기였다.

그는 평소 대화를 할 때 상대방을 전혀 고려하지 않는 듯했다. 그런 가운데 그는 미소를 잃지 않았다. 국민에게, 서민에게 좋은 인상을 주도록 이미지메이킹해 온 것의 연장선상이었다. 반복 훈련을 해온 탓에 이제는 말할 때 미소 짓기가 반사적으로 나오는 듯했다. 장은 그 미소가 가식적이라는 느낌을 지워버릴 수 없었다.

어수선하게 정치 이야기를 하던 그가 생각난 듯 말했다.

"아 참, 내가 장 엠시님의 토크쇼를 직접 봤습니다. 보좌진과 대변인이 장 엠시님이 뛰어난 방송 진행 솜씨로 네티즌들로부터 폭발적인 인기를 얻고 있다고 전해주더군요. 그래서 시간 내서 봤는데 참 진행을 잘 하시더군요. 차분한 진행, 초대자로 하여금 자연스레 흉금을 털어놓게 유도하는 솜씨 그리고 중간 중간에 선보이는 간결한 멘트, 성악가 뺨치는 목소리 등이 매우 인상적이더군요. 근데 말입니다. 우리 캠프에서는 젊은 네티즌의 표를 대거로 끌어오는 방안을 모색하고 있었는데 그걸 해낼 수 있는 적임자가 장 엠시님이라는 생각이 듭디다."

커피 한 모금을 들이켜던 장이 사레 걸린 듯 각 소리를 뱉어냈다. 잘못 들은 건 아닌지 하는 생각이 들었다.

"내가 젊은 네티즌의 표를 끌어오는 일을 의원님 캠프에서 하면 좋겠다는 말씀인가요?"

"네, 그렇다마다요. 장 엠시님에 대한 인적 사항을 알아봤는데 딱 좋더군요. 우리 캠프의 모토가 서민을 대변하는 정치입니다. 근데 장 엠시님이 어려운 환경에서 자라서 프리랜서 번역가로 연명해오다가 최근 스타 엠시로 인생역전을 하셨잖습니까? 그게 내가 지향하는 정치 이념과 딱 맞습니다. 서민들에게 열심히 일하면 틀림없이 인생역전을 할 수 있다고 희망을 주는 게 내가 정치를 하면서 늘 강조해 온 겁니다. 장 엠시님, 저와 함께 해서 나라를 바꿔 봅시다. 서민이 존중받고, 실력이 스펙을 이기고, 땀 흘린 만큼 대가를 받는 나라를 만들어 봅시다."

장은 똥 씹은 표정이 되고 말았다. 참말로 어이 반 푼어치도 없는 말이었다. 자신이 처리해야할 인간쓰레기 국회의원으로부터 자신의 캠프에 합류하여 정치에 입문하라는 권유를 받은 거다. 혼란스러웠다.

장은 제안은 참 고맙지만 아직 정치에 생각이 없다는 의사를 피력했다. 그는 끈덕지게 설득을 펼쳤다. 그런 끝에 진하나 아나운서가 장 엠시를 적극 추천했다는 말을 보탰다. 이에 장 엠시는 생각해보고 알려드리겠습니다라고 말했다.

이윽고 장은 당황한 기색으로 큰방에서 나왔다. 진하나 대변인이 환하게 웃고 있었다. 그녀가 사무실 밖으로 나가는 장을 배웅해주었다. 선글라스를 낀 건장한 체격의 경호원들에게서 멀리 떨어진 엘리베이터까지 걸어가면서 장이 그녀에게 물었다.

"의원님이 저를 대선 캠프에 영입하려는 걸 알고 계셨나요?"

"실은 보좌관과 내가 장 엠시님을 영입하자고 의원님께 의견을 드렸었어요. 의원님이 흔쾌히 그 의견에 동의했고요. 근데 오늘은 그냥 차나 한잔 마시겠노라 했는데 진도가 많이 나갔나보네요. 대선 캠프에 합류하자는 제안을 받으셨나보네요."

"네."

장이 멀뚱멀뚱 진하나 아나운서의 얼굴을 쳐다봤다.

"갑작스러운 제안에 놀라실 수 있을 것 같네요. 내가 미리 그런 얘기를 전달하지 못했다면 죄송합니다."

"…"

진하나 아나운서가 애써 눈웃음을 지어보였다.

"잘 생각해주셨으면 고맙겠네요. 우리 캠프에서는 장 엠시님을 꼭 필요로 하고 있어요. 현재 우리 의원님이 여권 대통령 후보로서 여론조사에서 차기 대통령 후보 지지율 1위를 달리고 있어요. 하지만 방심은 금물이죠. 더욱더 탄탄하게 지지층을 굳히기 위해, 고심 끝에 요즘 '대화의 신'으로 스타덤에 오른 장 엠시님을 영입하기로 했답니다. 야권의 50대 젊은 후보가 도전장을 내밀면서 청년층 표를 뺏어가는 걸 막자는 복안이죠. 제발, 잘 생각해보시고 우리 캠프에 합류하세요."

이날 장은 내내 마음이 편치 않았다. 하지만 겉으로 내색하지 않았다. 장은 명색이 '대화의 신'으로서 상대를 편안하게 만들고 자연스럽게 대화를 이끌어가는 탁월한 재능을 가지고 있었다. 장은 잘 생각해보고 우선 진하나 대변인에게 연락을 주겠노라 했다. 돌아오면서 장은 생각했다.

'아직 처리를 포기한 건 아니야. 변희태의 근접 거리에 최대한 접근할 수 있는 기회가 더 많아지고 있다는 점이 중요해.'

그날 장은 사무실에 들르고 나서 피트니스센터에서 2시간 보낸 후 집으로 돌아왔다. 재킷 주머니에서 스마트폰을 꺼내 보니, 진하나 대변인이 보낸 문자가 들어와 있었다. 꼭 좀 변희태 의원님 대선 캠프에서 일익을 담당했음 좋겠다며, 개인적으로도 장 엠시님과 함께 일하는 걸 바란다고 했다. 장은 문자를 보고나서 스마트폰을 주머니에 넣었다.

10시가 다 되어 가고 있었다. 장은 어둑해진 골목을 돌고 돌아 자신이 기거하는 3층 원룸 앞에 섰다. 원룸 근처에는 늘상 길고양이들이 돌아다니고 있었다. 원룸의 옆 건물에 있는 속눈썹샵에서 길고양이들에게 사료와 물을 대주고 있었다. 그 때문에 밤만 되면 어미와 삼색 새끼 한 마리, 검정 새끼 세 마리가 한 덩어리가 되어 나타나곤 했다. 가끔씩 아빠 검정색 고양이가 어슬렁어슬렁 거렸다. 더러 어미가 잠시 자리를 비워 안보이거나, 새끼 한두 마리가 안 보이는 일은 있어도 한꺼번에 안 보이는 일은 보기 힘들었다.

장은 속눈썹샵 앞에 가보았다. 방금 전까지 길고양이들이 있었는지 건식 사료 알갱이 여러 개가 입구 바닥에 떨어져 있었다. 길고양이들은 새벽까지 이곳을 제집처럼 편안하게 여기면서 뒹굴곤 했다. 비 오는 날을 제외하곤 모습을 나타내지 않는 일이 없었다. 이상했다. 해코지를 당한 건 아닌지 하는 생각이 들었다.

장은 원룸으로 돌아와 계단을 밟고 3층으로 향했다. 계단 전등이 깜박거리기를 반복했다. 2층을 지나 3층으로 발을 디디려던 장이 걸음을 멈췄다. 적요로웠다. 계단 창문 밖으로 가로등 불빛이 흔들리는 모습이 눈에 잡혔다. 시린 겨울바람이 지나갔다. 장은 계단 창문 밖으로 얼굴을 내밀어보

있다.

원룸에서 30여 미터 떨어진 공원 앞에 낯선 중형 검정
색 자가용과 승합차 한대가 눈에 들어왔다. 이 주택가에
서 한 번도 본적 없는 차였다. 그곳에 그런 차들이 주차
된 걸 본 기억이 없었다. 공원 인근 원룸에는 주로 대학
생, 중국 유학생, 젊은 직장인들이 살고 있었다.

장은 소리 나지 않게 발자국을 떼면서 3층에 다다랐다. 원
룸이 두 개 있었다. 장의 옆 원룸에서는 몇 개월째 인기척
이 없었다. 그곳에 살던 중국인 남자 유학생이 비가 센다
면서 알아듣지 못할 중국어로 불평을 쏟아내면서 나간 후
론 세 들어 온 사람이 없었다.

원룸 문 손잡이 쪽을 유심히 살펴보았다. 아침에 나오
면서 중국집 전단지를 손잡이 부분의 문틈에 일정한 각도
로 일정한 부분만 끼어 놓았었다. 누군가 문을 열면 전단
지가 떨어지게 되어 있었다. 만약 누군가 전단지를 떨어지
지 않게 손으로 잡은 후 문을 따고 들어갔을 경우, 다시 원래
대로 만들긴 불가능에 가까웠다. 예리하게 맞춰 놓은 각도
로 특정한 분분만을 문틈에 끼어 놓기는 힘들 터였다. 문틈
에 끼워진 각도는 비슷해 보였다. 하지만 문틈에 전단지 모
서리 부분이 덜 끼워져 있었다.

장은 조심스레 옥상 입구로 향했다. 컴컴한 그곳 바닥에

는 박스 상자가 쌓여 있었다. 제일 안쪽에 있는 상자를 꺼내 열었다. 안에는 만일의 사태를 대비해 삼단봉과 칼집에 넣어진 대검 두 개가 보관되어 있었다. 대검 하나는 허리춤에 차고, 다른 하나는 바지 안 종아리에 찼다. 그러고 나서 펼친 삼단봉을 오른손에 들었다.

그때, 아래층에서 구둣발 소리가 들려왔다. 여러 명이 뛰듯이 올라오고 있었다. 옥상 문은 잠겨 있었다. 장은 재빨리 자신의 원룸으로 가서 문을 열고 안으로 들어갔다. 그러곤 장이 삼단봉을 들어 올린 채 불을 켰다.

그의 눈에 정장 차림의 남자 다섯 명이 보였다. 그 가운데에서 담배를 피는 녀석은 낯이 익었다. 신사동 쌍칼이었다. 중절모를 쓴 그가 웃으면서 장을 맞이했다.

"오랜만이야. 장 선생."

"불구가 된 걸로 알고 있는데 어떻게 여길 온 거지?"

"걱정해줘서 고맙군. 내가 불구가 됐다고 거짓 소문을 흘렸어. 명색이 신사동 쌍칼이 그 정도로 불구가 돼서야 쓰겠는가? 물 어지럽히는 피라미새끼를 놔두고 누워 지낼 수만은 없지."

"그랬었군. 내 집은 어떻게 알아냈지?"

"용필이라고 잘 알지? 흥신소 한다는. 그 친구가 큰 도움을 줬지."

장이 속으로 썩을 놈이라고 말했다. 곧이어 신사동 쌍칼이 장을 날카롭게 응시하면서 말했다.

"그나저나 장, 요즘 잘나가던데. 겁 대가리 없이 방송을 타서 대화의 신이다 뭐다 하면서 요란법석을 떨던데. 간땡이가 완전 뱃가죽 위로 튀어 나왔어. 너, 오늘 제삿날인 줄 알아라."

그 말이 끝나자마자 거구의 사내 네 명이 야구방망이를 휘두르며 달려들었다. 장이 한 녀석이 휘두르는 야구 방망이를 피하고 그 녀석의 뒤통수를 삼단봉으로 때렸다. 그러고 나서 벽을 밟아 뛰어 오르면서 두 녀석의 목젖을 양 발로 가격했다.

남은 한 녀석이 겁 없이 붕붕 야구방망이를 휘두르더니 한쪽으로 던져버렸다. 그러곤 차고 있던 회칼을 꺼내 들고 휘둘러댔다. 장은 옆차기 앞차기로 거리를 확보하다가 녀석이 장의 머리 위로 회칼을 내리 꽂는 걸 삼단봉으로 막아냈다. 곧바로 녀석의 사타구니를 차고 나서 헤딩으로 코뼈를 부러뜨렸다.

신사동 쌍칼은 여유를 잃지 않았다. 장이 그 앞에 몇 발자국 다가서려는 찰나, 원룸 문을 열고 그의 조직원 십여 명이 쇠파이프, 해머, 도끼를 들고 나타났다. 그는 눈썹하나 까

딱 않고 담배 연기를 길게 허공에 피워 올린 후 담배꽁초를 방바닥에 던졌다. 장이 그를 덮치려고 바짝 다가섰다.

그러자 그가 품안에서 권총을 꺼내들었다.

"이게 어디서 까불어. 촌놈이 분수도 모르고 기어오르고 있네. 씨발. 삼단봉 앞에 던지고 두 손 들어. 손가락 하나라도 까딱하면 뱃가죽에 구멍 뚫어버린다!"

장이 삼단봉을 바닥에 던지고 천천히 두 손을 들었다. 녀석이 배포 좋게 웃으면서 말했다.

"너도 그 여자아이처럼 목매달아 죽여서 자살한 걸로 처리해주지."

장이 깜짝 놀랐다.

"그 여자아이라면 아여린."

"그래, 그 YYG 기획사 걸그룹 연습생. 저번에 그 여자애의 집에 다시 쳐들어갔지. 이외로 무방비 상태더라구. 그년을 보는 순간 홧김에 목 졸라 죽여 버렸어. 그러곤 깔끔하게 목매달아 자살로 위장해놨지."

그 말을 들은 장의 가슴 한 켠이 쿡 쑤셔왔다. 오빠라고 부르는 아여린의 목소리가 들리는 듯했다. 그 아여린이 신사동 쌍칼에 의해 살해되어버렸다니! 말을 잠시 그친 녀석이 담배 피는 모습을 보이자, 한 조직원이 달려와 담배를 물려주고 불을 붙여줬다. 녀석은 꼴초인 듯 계속해서 담배를 피워댔다.

"어디서 족보도 없는 새끼가 신사동 조직을 건드려, 개새 꺄. 너는 신사동 쌍칼을 너무 가볍게 봤어. 내가 너한텐 받은 걸 톡톡히 돌려줄란다."

장의 시야에 권총이 크게 들어왔고, 장의 뒤에서 조직원들이 다가왔다. 자신을 목매달아 죽여서 자살한 걸로 만들겠다는 신사동 쌍칼의 목소리가 귓가에 메아리쳤다. 곧바로 액션을 취했다.

바짝 다가온 조직원 한명이 장의 허리에 손을 대려고 할 때, 그 손을 낚아채고는 그를 자신 앞에 총알 방패로 세웠다. 짧은 순간이었지만, 총을 쏘려고 했다면 총알이 장의 이마에 명중했을 터였다. 하지만 신사동 쌍칼은 요란한 총격 살인이 아닌 말끔한 자살 위장 살해를 머릿속에 그리고 있었다. 그래서 방심하고 만 것이다.

장은 빠르게 그 녀석을 앞에 세워 놓고 신사동 쌍칼쪽으로 몰아갔다. 신사동 쌍칼이 미처 옆으로 피하지 못하는 사이에 녀석과 부딪쳤고, 그가 넘어지는 찰라에 그의 손에서 권총을 뺏었다. 그러곤 권총을 녀석의 관자놀이로 겨누었다.

"꼼짝하지 마. 너희 두목 두개골에 총알이 박히는 꼴 보기 싫으면."

신사동 쌍칼이 기분 나쁘게 미소 지으며 입을 열었다.

"아그들아, 총알이 없다. 얼른 족쳐라."

그 말이 끝나기 무섭게 조직원들이 달려들었다. 날아오는 해머를 피했지만 쇠파이프가 장의 어깨를 세게 내리쳤다. 장은 바닥에 주저앉으면서도 신사동 쌍칼의 멱살을 쥐고 있었다. 구석으로 내몰린 장은 허리춤에서 단칼을 꺼내, 쌍칼의 목을 겨누었다.

"이번엔 진짜다. 한 발자국이라도 움직이면 너희 두목은 끝장이다!"

조직원들이 움찔거리며 다가서지 못했다. 그런데 옆쪽에 있던 한 당돌한 녀석이 도끼를 휘두르며 달려들었다. 장은 잽싸게 단칼을 날렸다. 그 당돌한 녀석이 퐥하는 소리를 내곤 주저앉았다. 장의 손에서 단칼이 없어진 걸 기회로 보고, 녀석들이 다시 연장을 휘두르며 다가오기 시작했다.

장이 바지 속 종아리에 찬 단검을 꺼내 들었다. 날카로운 칼날이 번쩍거렸다. 장에게 멱살이 잡힌 신사동 쌍칼의 눈에 칼날이 들어왔다. 장은 맛보기로 녀석의 목에 굵은 선을 그어주었다. 핏물이 주르륵 흘러내렸다. 녀석의 태도가 급변했다.

"혀혀영씨, 아니 형님. 우리 매너 있게 대화로 해결해 봅시다. 이러다간 내가 죽거나, 댁이 죽거나 해야 일이 해결 될 듯한데, 이러지 말고 통 크게 둘 다 살 수 있는 방안을 애기해 봅시다. 댁이나 나나 살인 범죄자인데 소란을 피워 경찰의 입에 오르내려서 좋을 게 뭐가 있소? 아 그리고 형님은 대화의 신이잖아요. 그러니까 우리 좋게 좋게 대화합시다."

신사동 쌍칼 조직과 프로페셔널 장 사이에 평화협정이 선포 되었다. 신사동 쌍칼 조직은 다신 장에게 눈에 띄는 일이 없도록 할 것이며, '대화의 신'으로 유명세를 타고 있는 장의 실체에 대해 일체 함구할 것을 약속했다. 이에 대해 장은 아여린의 죽음에 대한 일체의 보복 행위를 하지 않으며 또한 신사동 쌍칼의 아여린 살인 행위에 대해 일체 함구하기로 했다. 그리하여 일촉즉발의 피바다 전쟁 상황이 수습이 되었다. 비틀비틀 신사동 쌍칼이 걸어 나가면서 말했다.

"우린 이제 모르는 사이다."

그때, 아래층에서 앙칼진 여자 목소리가 들려왔다.

"노총각 아저씨, 잠 좀 자요! 조용한 아저씨로 알고 있었는데 오늘따라 영 시끄러워서 잠을 못자겠네요. 친구들과 거나하게 술판 벌이나 본데 조금만 조용히 해주실래요. 우리 아가 겨우 잠들었는데 시끄러운 소리에 깨어나 한번 울면 감당을 못한단 말예요. 책임질 거에옷! 서로 피해주는 일이 없었으면 해요."

늙은 대학원생 부부가 살고 있는 원룸이었다. 이리하여, 프로페셔널 장과 신사동 쌍칼과 조직원들은 조신하게 행동하면서 서로 헤어졌다. 신사동 쌍칼과 조직원들은 계단을 내려갈 때 발뒤꿈치를 들어서 걸음으로써 쌔근쌔근 잠자는 아가를 특별 배려했다. 갑자기 벼락 치듯 응애응애하는 울음소리가 그들에겐 경찰 사이렌 소리처럼 두려웠기 때문이다.

14
허공에 떨어진 희망

장은 성질 같아서는 신사동 쌍칼과 아이들(조직원)을 다 박살내고 싶었다. 하지만 거사를 앞둔 마당에서 몸을 사리는 게 좋을 듯싶었다. 사실상 변태, 변희태 처리 건은 여러 해 동안 이어온 궂은일의 마지막이었다. 이번 건만 처리하면 장은 프로페셔널이고 뭐고 다 때려치울 생각이었다.

크게 많지도 않고, 그렇다고 적지도 않은 돈 20억이 목표 액수였다. 국내 경제 사정이 이렇게 나쁘지만 않았어도 목표 금액 달성 시점은 훨씬 전에 앞당겨졌을 터였다. 이제 장에게 은밀하고도 신속하게 변희태 건을 처리하는 일만 남았다.

장은 호주 난민을 생각하고 있었다. 성소수자로 위장하여 호주에 입국 후 몇 개월 내 심사에서 통과 받으면 호주 국민이 되는 것이다. 호주에는 한국인 난민이 적지 않았다. 병역 거부자, 성소수자, 정치·종교적 박해 피해자들이 호주 국적을 취득한 사례가 있었다. 장은 한국 국적을 버리고 한반도를 훌훌 떠나고 싶었다.

가난한 결손 가정에서 자라난 어린 시절, 최저 시급으로 숱한 알바를 하면서 보낸 대학생 시절, 그 고통의 시간을 보내는 것도 모자라 대학 졸업 후에는 말더듬증을 앓는 그를 받아들여주는 직장은 단 한곳도 없었다. 굶어죽지 않고 버텨온 게 대단한 일이었다. 장이 인간쓰레기 처리 일을 하지 않았다면, 현재 장은 어떻게 되었을까?

프리랜서 번역가의 수입으로는 싸구려 원룸의 월세를 대기도 버거웠다. 그래서 서울에서 쫓겨나 경기도의 시골로 이주해야했을 것이며, 그곳에서도 오래 버티지 못할 것이다. 그래서 다시 더 싼 월세 집을 찾아서 시골로 시골로 쫓기듯 숨어들어야할 것이다. 장은 생각해보았다.

'이렇게 사는 게 당연한가? 없는 집안에서 태어났으니, 공부도 못했으니, 더욱이 말더듬증을 앓고 있으니 이게 당연한 건가?'

장은 그게 당연하다고 보지 않았다. 자신처럼 너무나 많은 사람들이 제대로 대접을 받지 못한 채 빈궁한 삶을 살아가는 게 마땅해 보이지 않았다. 국가는 모든 국민에게 균등

한 기회를 주고, 안락하게 살아갈 수 있도록 보살펴 줘야하지 않는가? 어떻게 해서 수많은 사람들이 기회를 박탈당하고 호구지책을 걱정하는 나날을 보내게 되었나? 절대로, 절대로 그 책임을 국민에게만 전가해서는 안 된다.

국가는 따뜻한 어머니의 자세를 갖추어야한다. 일자리가 없어서 미래가 불투명한 청춘들을, 겨우 입에 풀칠하고 살아가는 중년과 노년층을 껴안아주어야 한다. 그들을 그대로 방관하는 국가는 국가 아니다. 극소수 VIP만을 위한 국가는 국가 아니다. 인간쓰레기들이 떵떵거리며 사는 국가는 국가로서의 자격이 없다. 그런 국가의 국적은 언제든 미련 없이 버려도 마땅하다. 지금 장이 발 딛고 있는 나라, 곧 헬조선이 그러했다.

결국, 분노에 찬 장은 인간쓰레기를 처리함으로써 사회 미화를 이룩하는 명분을 얻고 또 목돈을 벌기로 했다. 자금 20억을 모을 때까지 말이다. 그 돈만 모으면 헬조선을 떠나기로 했다. 벌써 육년이 지났고, 이제 한건만 처리하고 나면 당장 장은 호주로 떠나 난민 신청을 할 계획이다. 그곳에 도착해 난민 심사를 받을 때 남자 관계자가 나타날 경우를 대비해, 그를 이성으로 대하는 듯한 야리꾸리한 눈빛을 간직하면서 눈물로 호소할 구상이었다.

"한국에서 성소수자로서 마흔 살이 넘어서까지 숨어서 지내왔어요. 제대로 된 직장을 얻지 못해 번역 일을 하면서 겨우 먹고살아왔습니다. 방송에서 스타 엠시로 반짝 뜬 건 순전히 먹고 살려고 노력하다가 운 좋게 된 거였지요. 하지만 내가 커밍아웃을 하는 순간 대중의 외면을 받고, 그 일자리를 뺏길 게 뻔했죠. 그래서 아무에게도 내가 게이라는 걸 밝히지 않았습니다. 그렇지만 내가 사람들에게 많이 알려짐에 따라 심리적 압박감이 너무 심했어요. 언제까지 성정체성을 숨길 수가 없다고 생각했죠. 그래서 커밍아웃을 해서 사람들의 눈총을 받으며 살아가느니, 차라리 성소수자를 당당한 사회 구성원으로 인정해주는 나라로 떠나자고 결심했습니다."

물론 다년간 번역 일을 해온 무명 번역가로서 영어로 말할 계획이었다. 할 말을 통째로 외워서 더듬더듬 미국식 영어를 구사할 생각이었다.

며칠 후 장은 사무실에서 아점을 오물거리며 시선을 컴퓨터에 고정하고 있었다. 여러 종의 신문에서 사건, 사고를 집중적으로 보았다. 요즘은 잠잠했다. 큰 사건, 사고가 없었다. 마치 태풍이 몰아쳐오기 전의 잔잔한 바다와 같은 인상을 받았다. 이렇게 차분한 분위기가 이어지다가 갑자기 대형사건, 사고가 터지는 일이 비일비재했다.

신문을 보다가 네이버 검색창에 변희태 글자를 넣어 검색을 해봤다. 그새 그에 대한 많은 기사와 사진들이 주르르 올라와 있었다. 대중 강연, 기업인과의 미팅, 출판 기념회, 봉사 단체 방문 등 많은 활동을 해왔다. 스크롤을 밑으로 쭉 내려 보았다. 그러자 그가 피트니스센터에서 운동을 하는 사진이 보였다. 기사를 보니, 대선 캠프인 그의 사무실 근처의 보보스호텔의 피트니스센터에서 주 중에 2회 운동을 하고 나서 사우나실에서 마사지를 받는다고 했다.

장은 그 25층 호텔을 검색해보았다. 피트니스센터와 사우나는 10층에 있었고, 꼭대기 라운지에는 고급 레스토랑이 있었다. 그곳에서 처리를 하는 상상을 해보았다. 기분 좋은 스릴이 온몸에 퍼졌다. 그곳에서라면 한번 해볼 만했다. 장은 뭔가를 생각하고 나서 진하나에게 문자를 보냈다.

마음의 결정을 내렸는데 직접 의원님을 뵙고 이야기하고 싶습니다. 주중에 시간이 날까요? 의원님이 바쁘실 테니, 의원님 대선 캠프에서 가까운 보보스호텔 스카이라운지 레스토랑에서 만나면 좋겠네요. 일정을 다 마무리한 늦은 시간이라도 좋으니 약속 시간을 잡아주세요.

삼십여 분 후에 답 문자가 왔다.

방금 의원님에게 장 엠시님의 문자 내용을 전달해드렸어
요. 의원님이 몹시 기뻐하시더라구요. 마침 의원님이 내일 사
무실에서 퇴근 후 8시에 보보스호텔에 있는 피트니스센터
에 들릅니다. 그곳에서 시간을 보낸 후 10시에 스카이라운지
레스토랑에서 보겠다고 하네요.

장은 속으로 쾌재를 불렀다. 곧바로 내일 뵙겠다고 답 문
자를 보냈다. 내일 변희태는 8시경 보보스호텔에 도착할 것
이었다. 그러곤 두 시간여 동안 운동을 하고 나서 마사지
를 받을 것이었다. 장은 머릿속으로 다양한 처리 방법을 생
각해보았다. 최종적으로 세 가지가 나왔다. 그 중 실행에 옮
길 가능성이 가장 높은 방법이 하나 있었다. 하지만 현장 상
황이 어떻게 변할지 모르니, 차선책으로 두 가지 방안도 세
워놓았다.

장은 인터넷에 나온 보보스호텔의 내부 구조와 시설을 꼼
꼼하게 살펴보았다. 그러곤 어둑어둑해질 때쯤 집으로 돌아
왔다. 내일 거사를 앞두었기에 몸을 이완시키고자 피트니
스 센터는 건너뛰었다.

원룸 3층의 방에 들어와 씻고는 불을 끄고 침대에 누웠다. 창밖에서 희미한 가로등 불빛이 창문으로 스며들었다. 사지를 펼치고 누운 채 천장을 바라보았다. 그러곤 이미지트레이닝을 시작했다.

아주 세세하게 그리고 강렬하게. 호텔 로비를 들어서는 것에서 시작해 엘리베이터를 타고 올라간 후 그곳에서 내리는 장면을 생생하게 그려나갔다. 그러고나서 준비한 곳에서 대기하고 있는 자신의 모습을 떠올렸고, 이윽고 변희태가 등장하면 곧바로 처리하는 장면을 꼼꼼하게 그려 나갔다. 만일의 사태에 대비하기도 했다. 경호원들과 맞닥뜨렸을 경우, 공간을 어떻게 활용하고, 또 어떤 물건을 활용할지를 생생하게 그려나갔다.

그리고 프로페셔널로서 실패할 경우도 대비했다. 이번은 이때까지 해온 처리 가운데 제일 난이도가 높은 것이다. 따라서 실패할 가능성이 얼마든지 있었다. 이에 대한 대비책은 먼저 재빨리 현장에서 벗어나는 것과, 다음 그게 불가능할 때 사용할 수 있는 최후의 방안이 있었다. 후자는 그에게 남은 '마지막 카드'였다. 프로 장에게는 자신을 믿고 거금을 지불해 처리 용역을 맡긴 의뢰인들에 대한 비밀 보장의 의무가 있었다. 이는 자신의 목숨처럼 소중하게 지켜야 할 종교적 계율과 다름없었다. 그 계율을 지키지 못한다는 건 곧 신을 저버리는 행위였다. 장은 이 한 몸 죽어서 한 줌 흙으로 돌아갈지언정 무슨 일이 있어도 '계율'을 지키기로 마음먹고 있었다.

이미지트레이닝을 반복하는 사이에 장이 스스로 잠들었다. 꿈에 엄마를 쏙 빼닮은 진하나 대변인이 나타났다. 버선발로 대문 밖으로 뛰쳐나오는 모습이 생생했다. 이놈의 자슥아. 큰일난대이. 거기는 위험하니까 가지 말라고 안했나? 작년에 거기서 동네 아재 한명이 죽었다 안카나. 덕구야, 제발 엄마 말을 듣고 어서 돌아와. 진하나 대변인을 한번 뒤돌아본 어린 장덕구는 다시 가던 길을 재촉했다. 그가 몇 걸음 걸어갔을 때 어디에선가 안개가 밀려와 한치 앞도 볼 수 없었다. 어린 덕구는 앞으로 앞으로 걸어갔다. 그러던 어느 사이에 절벽 아래로 떨어지고 말았다.

또 다른 장면이 이어졌다. 엄마를 쏙 빼닮은 진하나 전 아나운서 현 변희태 의원 대변인이 나타났다. 그녀가 겁에 질린 표정으로 소리를 질렀다. 장 엠시님이 그런 사람인줄은 정말 몰랐어요. 어떻게 나를 속일 수 있어요. 제발 하던 짓을 멈추세요. 내가 장 엠시님을 얼마나 많이 아끼는지 모르시나요? 진하나 전 아나운서가 흑흑 눈물을 보였다.

프로페셔널 장은 그 눈물을 보자 제자리에서 굳어버렸

다. 자신 때문에 흐느껴 우는 모습은 엄마의 모습과 진배없었다. 장은 어릴 때로 돌아가 엄마 잘못했어요, 다신 안 그럴게요라는 말을 내뱉었다. 그러자 진하나 전 아나운서가 장을 품에 껴안아주었다. 장이 그녀를 바라보는 찰나, 숨이 막혀왔다. 진하나 얼굴이 사라지고 변희태 얼굴이 나타났다. 그가 음흉한 웃음을 흘리며 장의 목을 졸랐다. 점점 시야가 흐려졌다.

갑자기 장이 침대에서 벌떡 상체를 일으켰다. 그러곤 컥컥 거리면서 숨을 내쉬었다. 식은땀으로 장의 온몸이 흥건하게 젖어버렸다. 불길한 꿈이었다. 그런 꿈은 수도 없이 꾸어왔기에 크게 색다르게 여겨지지 않았다. 다만 이번 꿈은 엄마 닮은 진하나 전 아나운서가 등장해 자신이 하는 일을 만류한다는 점에서 달랐다. 특히나 이번처럼 적극적으로 자신의 행동을 말리긴 처음이었다.

하지만 장은 프로페셔널이었다. 곧바로 누워 잠을 청했다.

다음날, 두시에 깨난 장은 사무실에 들러 아디다스 스포츠가방을 챙긴 후 보보스호텔로 향했다. 호텔 앞에 도착한 후 걸어 다니면서 주위를 살펴보았다. 그러곤 근처 작은 식당에 들어가 식사를 하고 나서 카페에서 커피를 마셨다. 일곱 시가 조금 지나자 호텔 안으로 들어갔다.

곧장 엘리베이터를 타고 10층으로 올라갔다. 장은 화장실로 가서 맨 끝 칸막이 문을 열고 들어간 후 가방을 열었다. 손거울과 분장용 수염과 화장품을 꺼냈고, 손거울을 보면서 이마에 주름을 그리고 또 얼굴빛을 칙칙한 색으로 바꾸고 나서 수염을 착용했다. 그러곤 가방에서 중절모, 안경, 쥐색 코트 그리고 백팩을 꺼냈다. 중절모, 안경, 쥐색 코트를 착용한 후 백팩을 한손에 들었다. 곧바로 가방을 돌돌 말아 비닐 팩에 넣고 나서 변기의 수조에 넣은 후 밖으로 나왔다. 거울 앞에 서니 구부정한 노인이 보였다.

장은 화장실에서 나와 사우나실로 들어갔다. 안에는 개별 안마실이 들어서 있었다. 장은 카운터에서 계산을 치른 후 한곳에 들어갔다. 사용 시간은 일곱 시 반에서 열시까지 두 시간 반이었다. 장이 안마실에 누워있자, 여성 맹인 안마사가 들어왔다. 장은 그녀에게 우선 눈을 붙이고 나서 이따 안마를 하겠으며, 나중에 호출을 하겠노라고 말하고 그녀를 돌려보냈다. 장은 안마실 문을 보이지 않을 정도로 살짝 열어두었다. 그러곤 주위에서 들리는 소리에 집중했다. 이상한 동태가 느껴지지 않았다. 장은 눈을 감고 침대 위에 앉은 채로 시간을 보냈다.

얼마나 시간이 흘렀을까? 구둣발 소리와 지지직거리는 무전기 소리가 들려왔다. 그 소리가 장이 있는 안마실 옆으로 지나가더니 문이 열리고 닫히는 소리가 들렸다. 시계를 보니 아홉시 십 분이었다. 변희태가 틀림없었다. 장은 화장실 가는 척 하며 문을 열고 나왔다. 옆방 앞에는 아무도 없었고, 대신 안마실 출입구 쪽에 경호원 두 명이 대기하고 있었다. 장은 구부정한 자세로 천천히 걸으며 다시 안마실로 돌아왔다.

이윽고, 여성 맹인 안마사가 변희태의 안마실로 들어갔다. 삼십여 분이 흐르자 그 안마사가 밖으로 나와 문을 닫는 소리가 들렸다. 여성 맹인 안마사의 발자국 소리가 멀어졌다. 장은 코트 주머니에서 위생 장갑을 꺼내 착용했다. 그러곤 숨죽이며 문을 열고 나와서 옆방 앞에 섰다. 막 문을 열려는 찰나, 또각또각 구둣발 소리가 들렸다. 남자 구둣발소리가 아니라 하이힐 소리였다.

그러곤 누군가와 통화하는 소리가 들렸다.

"의원님이 안마실에 들어가셨지만 매우 중차대한 사안이니까 전화를 받으실 겁니다. 잠시만요."

진하나 전 아나운서 현 변희태 의원 대변인의 모습이 옆으로 보였다. 장은 고개를 숙이고 급히 자신의 안마실로 걸어갔다. 그가 안마실 문을 열 때쯤 그의 뒤로 진하나 아나운서가 스쳐 지났다. 진하나 전 아나운서가 변희태 의원의 안마실 문을 열면서 슬쩍 노인으로 변장한 장을 쳐다봤다. 한손으로 스마트폰을 든 채였다.

장은 문을 열고 안으로 들어갔다. 문을 닫고 나서 길게 한숨을 내쉬었다. 옆눈으로 진하나 전 아나운서가 자신을 쳐다보는 모습을 볼 수 있었다. 뭔가 의심스러워하는 표정이 역력했다.

곧이어 옆방에서 변희태의 고함소리가 들려왔다. 몇 분이 지나자, 다시 하이힐 소리가 나더니 사라졌다. 변희태는 그대로 안마실에 있었다. 그가 잠들기에는 부족한 시간이었다. 장은 그곳에서의 처리를 포기하기로 하고 백팩을 들고 밖으로 걸어 나왔다. 그러곤 화장실로 들어가 변기 수조 뚜껑을 열어, 가방이 든 비닐 팩을 꺼냈다. 비닐 팩에서 꺼낸 가방을 들고 곧장 엘리베이터를 타고 스카이라운지로 올라갔다.

꼭대기 층에 도착하자 장은 스마트폰을 꺼내 누군가와 전화를 하는 듯한 행동을 취하면서 화장실로 걸어갔다. 그러곤 그곳의 맨 구석 칸막이 문을 열고 들어갔다. 좌변기에 앉은 채로 스마트폰으로 시간을 보았다. 조금 후 변희태가 안마실에서 나와 엘리베이트를 타고 스카이라운지로 올라올 터였다. 장은 가방에서 원통형의 작은 물건 두 개를 꺼내 주머니에 넣었다. 그러고 나서 눈을 감고 무념무상의 상태가 되었다.

10시가 되었을 때 문자가 하나 왔다. 진하나 전 아나운서
로부터 온 거였다.

> 장 엠시님, 잘 오고 계시죠? 의원님은 오분 늦게 도착
> 할 거 같네요. 이따 의원님과 좋은 말씀 나누길 바라요.
>   - 장 엠시님과 함께 하고 싶은 진하나⁰ⁿⁿ*

하단의 글이 장의 가슴을 두근거리게 만들었다. 이런 문
자를 보내긴 처음이었다. 장은 심호흡을 하면서 흥분을 가
라앉혔다. 새벽꿈에 나타난 겁에 질린 그녀의 얼굴이 떠올
랐다. 장은 고민스러웠다. 시간이 빠르게 흘렀다. 10시 5분
이 되었다. 이때, 장이 그녀에게 문자를 보냈다.

> 호텔 근처에 왔는데 조금 늦을 것 같아요. 의원님을 뵙기 전
> 에 진하나 대변인에게 긴히 드릴 말씀이 있는데 1층 로비 커
> 피숍 앞에서 잠깐 뵐 수 있을까요? 그래야 마음의 결정을 내
> 리기 쉬울 것 같아서요. 10시 10분에 뵙고 몇 분 후 스카이라
> 운지에 함께 올라가시죠. 따로 저와 만난다는 건 의원님에게
> 는 말하지 마세요. 그러면 미리 내려와서 기다려주세요.

곧바로 답 문자가 왔다.

의원님은 지금 도착했구요. 장 엠시님이 십 분 가량 늦는다
고 전달했어요. 장 엠시님이 마음의 결정을 내리기가 쉽지 않
아 보이시는데 내가 뵙고 힘을 드리죠. 지금 내려갈게요.

그 문자를 받고 나서 장은 아디다스 스포츠가방을 돌돌 말
아 코트 주머니에 넣었다. 그 다음 백팩을 등에 지고 백 끈으
로 가슴을 조여 맨 후 화장실 밖으로 나왔다. 조금 후, 진하
나 전 아나운서가 엘리베이터를 타는 모습이 장의 눈에 들어
왔다. 장은 안도의 숨을 내쉬고는 계단 입구 쪽 벽의 화재 비
상벨로 다가가 그것을 세게 눌렀다. 곧바로 요란하게 벨소리
가 울려댔다. 장은 호주머니에서 원통형 물건을 꺼내 두 손
에 들었다. 뚜벅뚜벅 걸어 레스토랑 문을 열고 들어선 후 곧
장 한 개의 안전핀을 뽑은 후 바닥에 던졌다. 시야를 가리
는 흰 연막이 피어올랐다. 비명소리와 함께 사람들이 우왕좌
왕하면서 밖으로 뛰쳐나갔다.

장은 연막을 헤치고 변희태가 앉아 있는 통유리창 쪽으
로 걸어갔다. 장을 발견한 경호원 세 명이 동시에 달려들었
다. 장은 나머지 연막탄을 그들 앞에 터뜨렸다. 그러곤 앞

에 있는 한 녀석의 사타구니를 세게 발끝으로 가격했다. 녀석이 털썩 주저앉았다. 이때 다른 녀석의 날아오는 발차기를, 장이 슬쩍 몸을 뒤로 빼고 피했다. 또다시 녀석이 발차기를 하면서 달려들었다. 장은 옆에 있는 의자를 빼들어 녀석에게 던졌다. 녀석이 발차기로 의자를 쳐냈다. 녀석이 약간 움찔거렸다. 그런 녀석이 다시 돌려차기를 하려는 순간 장이 잽싸게 달려들어 녀석의 턱에 훅을 날렸다. 녀석이 통유리에 부딪쳐 쓰러졌다.

한 녀석이 남았다. 전기충격기를 들고 덮쳤다. 장은 가까스로 녀석을 피했다. 녀석이 다시 전기충격기를 내세우고 달려들었다. 이때 장이 식탁보를 빼내 녀석의 얼굴 위로 던졌다. 얼굴이 식탁보에 덮인 녀석이 우왕좌왕하는 찰나, 장이 날아 이단옆차기로 녀석의 명치를 가격했다. 푹 고꾸라졌다.

희미한 연막 사이로 변희태가 보였다. 연막 탓에 도망할 틈을 발견하지 못했다. 제자리에서 주위를 두리번거리고 있었다. 장이 그에게 다가가자 그가 말했다.

"나는 차기 대통령 후보 변희태요. 나를 건드리면 당신은 무사하지 못할 거요."

그가 노인으로 변장한 장을 알아차리지 못했다. 연막이 그 둘 사이로 가득했다. 장이 몇 발자국 더 앞으로 다가갔다. 앞에서 누군가 바짝 다가서는 걸 직감한 변희태가 또다시 말했다.

"제제제발 살려주시오. 지금 당장 10억... 아니 30억을 입금해드릴 수 있소. 지금 당장 말이요."

그가 부들부들 떨었다. 뒷걸음치던 그가 통유리에 등을 붙여서 멈춰 섰다. 그의 눈가에 눈물이 흘러내렸다. 4선 국회의원이자, 유력 대통령 후보자가 한없이 불쌍하고 처량해보였다. 잠깐 망설임이 생겨났다. 하지만 이내 여비서에게 성폭력을 휘두르고 그의 인생을 망가뜨린 그를 처리하는 게 마땅하다는 생각을 했다. 개쓰레기 변희태는 죽어 마땅했다. 그의 죽음으로써 그만큼 사회 미화가 이룩되는 것이라고 장은 속으로 외치면서 생각했다.

'이제 녀석을 처리하면 목표한 20억을 채우게 될 것이고, 이와 함께 나는 호주로 떠나 난민으로 호주 국적을 취득할 것이다. 지긋지긋한 헬조선을 떠나서, 캥거루가 뛰노는 광활한 호주 벌판에서 오두막 한 채 짓고 여생을 보내리라. 먹고사는 문제로 더 이상 골치 아픈 일 없이, 최소한의 생계비로 혼자 자유롭게 살아가리라.'

장의 머릿속에서 통유리 밖으로 그를 떨어뜨리는 장면이 이어졌다. 그러자 장이 의자를 들어 통유리 모서리를 내려쳐 깨뜨렸다. 깨진 유리창 사이로 차가운 바람이 쏟아져

왔다.

　그때였다. 온몸이 불에 데인 듯 뜨거워지더니 눈앞이 캄
캄해졌다. 장이 힘없이 쓰러졌다. 경호원이 전기충격기
를 그의 등에 가져다 댔다. 장이 바닥에 누운 채로 희미
하게 자신 앞에 서 있는 경호원을 보았다. 순간, 장은 처
리 시간이 지연된다는 것을 깨달았다. 신속히 처리를 끝내
고 화장실에서 본래 장 엠시의 모습으로 돌아간 후, 1층 로
비에 내려가서 진하나 대변인을 만나려고 했다. 그 모
든 걸 딱 오분 안에 끝내려고 했다. 그게 틀려버렸음을 자각
했다.

　장은 가까스로 정신을 차렸다. 자신을 제압하려고 경호원
이 덮쳐오자 누운 채로 앞차기를 했다. 복부를 가격당한 그
가 뒷걸음쳤다. 장이 펄쩍 뛰어 일어섰고, 녀석이 달려 들어
와 장의 다리를 잡고 넘어뜨렸다. 둘은 바닥에서 엎치락덮
치락했다. 그러다 장이 녀석의 목젖을 팔꿈치로 가격해 실
신시켰다. 장이 비틀거리며 일어났다. 짙은 연막 사이로 낯
익은 얼굴이 눈에 들어왔다. 진하나였다. 그의 애절한 목소
리가 들려왔다.

　"외삼촌, 어서 이쪽으로 도망치세요."

　그녀가 주저앉은 변희태를 향해 다가오고 있었다. 짙

은 연막 사이로 그녀의 눈빛이 장의 눈빛과 부딪쳤다. 그녀
가 잠깐 멈칫하고 섰다. 그녀의 눈빛은 아는 사람을 볼 때
의 그것이었다. 장이 변장을 위해 착용했던 중절모, 안경, 수
염이 바닥에 떨어져있었다. 노인으로 위장한 화장도 지워져
있었다.

순간적으로 진하나의 얼굴 위로 충격을 받은 엄마의 얼
굴이 겹쳤다. 장이 선택할 수 있는 건 딱 하나뿐이었다. 장
은 재빨리 몸을 돌리고 변희태에게 다가갔다. 등 뒤에서 진
하나의 음성이 들렸다. 장은 그를 끌어안은 채 허공을 향
해 뛰어올랐다. 허공에 떠있는 찰나의 순간, 우리의 프로페
셔널 장은 그녀의 음성을 똑똑하게 기억했다.

"장 엠시님, 제발."

그 음성은 흡사 엄마의 목소리와 같았다.

"아들, 나쁜 짓 하면 못써요."

몇 초간 허공에서 떨어져 내리는 잠깐 사이에, 장의 눈
가에서 눈물이 났다. 그리고 번역을 위해 자주 보았던 영문
판 「노인과 바다」의 한 구절이 희미하게 그의 뇌리를 스쳐 지
났다.

희망을 버린다는 건 어리석은 일이야.

희망이 없다는 건 죄악이야.

죄악에 대해서는 생각하지 마.

죄악 말고도 골치 아픈 문제들이 많아.

게다가 나는 죄악이 뭔지 잘 알지도 못해.[*]

---

* "희망을 버린다는 건 어리석은 일이야. 그는 생각했다. 희망이 없다는 건 죄악이
야. 죄악에 대해서는 생각하지 마. 하고 그는 생각했다. 죄악 말고도 골치 아픈 문제들
이 많아. 게다가 나는 죄악이 뭔지 잘 알지도 못해" – 헤밍웨이의 「노인과 바다」 원문

이번 소설은 소설가로 데뷔한 내가 2016년에 출간한 첫 장편소설의 참패 이후 5년 만에 세상에 내놓는 것이다. 문학성 충만한 소설을 쓸 수 있었지만, 이번에는 대중성 충만한 소설로 방향을 틀었다. 그 이유를 밝혀본다.

고전 음악 동호회에서만 향유되는 음악이 있다. 이런 음악을 존중하지만 난 잘 이해하지 못하며 싫증을 내는 편이다. 하지만 나는 매일 아침 세미클래식을 들려주는 라디오 방송을 듣고 있다. 잔잔하고, 감미롭고, 설레게 한다. 대중적인 세미클래식이 좋은 점은 금방 느낌이 오고, 그 음악의 맛에 쉽게 빠져들 수 있다는 것이다.

소설도 이와 같다. 엘리트 문학 동호회에서만 향유되는 소설이 있다. 난 이런 문학 소설을 작가 수업을 받을 때 집중적으로 보았다. 전업 작가가 되어 막상 문학성 충만한 소설을 썼더니, 완전 독자들로부터 외면을 받았다. 그 이유가 뭘까 고민에 빠졌다. 여러 가지 이유가 있다. 그 가운데 중요한 것이 쉽게 와닿는 이야기 재미의 부족임을 깨달았다.

그 이유가 어찌 되었든 간에 작가가 내놓은 소설은 독자에게 널리 읽혀서 시장에서 살아 남아야한다고 본다. 독자를 떠난 문학 소설은 극소수의 고전음악 동호회에서만 향유되는 고전 음악과 진배없다고 본다. 평범한 사람은 그 고전 음악을 향유하기 힘들다.

이런 이유로 해서 이번에는 대중성 충만한 소설을 세상에 내놓는다. 이 시대를 사는 독자를 매료시키는 당대성 가득한 이야기를 들고 왔다. 쓰레기 같은 인간을 처리하는 말더듬이 살인청부업자를 주인공으로 내세웠다. 요즘 청춘들은 주인공 장덕구 만큼이나 복수심과 증오심이 가득하리라 생각한다. 해서, 이 소설은 벼랑에 내몰린 청춘들의 공격적인 심리를 대리 표출해 본 것으로 볼 수 있다. 하지만 진정한 죄와 악이 무엇인지에 대한 질문이 여전히 우리 앞에 남는다. 그 질문에 대한 답은 여러분 몫이다.

그럼, 2탄에서 또 뵙길 바라며 펜을 놓는다.

We will be back

고수유

프로페셔널 장 시리즈 ❶

대화의 신이 된 말더듬이 킬러

초판 1쇄 발행 2021년 7월 7일

지은이   고수유
펴낸이   고송석
발행처   헤세의서재
주소   서울시 서대문구 북가좌2동 328-1 502호(본사)
            서울시 마포구 양화로 64 서교제일빌딩 824호(기획편집부)
전화   (02)332-4141
이메일   sulguk@naver.com
등록   제2020-000085호(2019년 4월 4일)
ISBN   979-11-967423-5-5
            979-11-967423-4-8(세트)

* 가격은 뒤표지에 있습니다.
* 잘못 만들어진 책은 구입처에서 바꾸어 드립니다.

이 도서의 국립중앙도서관 출판예정도서목록(CIP)은 서지정보유통지원시스템 홈페이지
(http://seoji.nl.go.kr)와 국가자료공동목록시스템(http://www.nl.go.kr/kolisnet)에서
이용하실 수 있습니다.